红气球
世界儿童文学
臻选

吃烧饼的剑客

梅子涵 编

山东画报出版社

放进孩子的口袋

　　为孩子写作文学，为他们编选文学读本，是一件重要和美好的事。这一件事需要做得很细致、很有眼光，不是简单地拼凑，因为那些故事都是会被孩子们装进口袋背着行走的，它们随时会被重新取出，抚着页面再读一读，为生命前行增添些力气和歌声，这个口袋就是神圣的记忆。

　　人类有许多光彩的职业，个个都是为了人生和世界的。我们这个职业是为了孩子的生命光彩，也是为了自己生命度过的光彩体现，后面这一点是所有职业共同的意义之一。所以，一切的责任不济和敷衍了事，都会给人生和世界带来灰暗和混乱，人生和世界都会反对，我们自己也应当学会反对。因此我抱定宗旨，为孩子们做一切，认真些，细密些，里外都软和、鲜艳些，让他们可以喜悦地奔跳，有些缠绵和美好的流淌……最后可以获得的感激，不仅仅来自儿童和他们的成长记忆，更有神圣之味的是我们自己的记忆，自己的心安理得。有资格感激自己是最高的感激，别人剥夺不了。

我一直记得那一本《红气球》故事里的孩子吹红气球时的无比专注和认真，结果他吹成的红气球总是不会消失，变啊，变啊，最后变成了一把红雨伞，撑在他自己的手里，走向世界，那一份美好，实在浪漫得艳丽而又踏实！

梅子涵

2020 年 2 月 27 日

吃烧饼的剑客

目 录

放在心里的人

自然之声

哲与思

《七个铜板》

《爸爸教我动动脑》

《在森林里》

《第十一根红布条》

放在心里的人

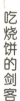

妈　妈

［比利时］莫利斯·卡列姆

我一定要说出来，
说出你给我生命的
一片感激之情。
你给我这么多我喜欢的树，
给我这么多我喜欢的鸟，
给我这么多张开花瓣儿的星星，
给我这么多写诗作歌用的词语，
给我这么多向我敞开的心灵，
还给我这么多歌喉甜润的少女，
还给我这么多供我紧握的亲善的手，
还给我这颗童稚的心——
它对生活无所企求，
就只希望有一阵轻风，
把我这理想的风筝送上蓝天！

［阎颖　译］

卡列姆的诗总能以简洁质朴的文字传达出深厚绵延的感情。在这首诗里他表达了对妈妈的赞美与感激之情，要知道，妈妈把我们带到这美丽的世界上来可不容易，十月怀胎的艰辛和分娩的痛楚是我们无法想象的。快去把这首小诗深情地朗诵给妈妈听吧！

七个铜板

[匈牙利] 莫里兹

穷人也可以笑，这本来是神明注定的。

茅屋里不但可以听到呜咽和号哭，也可以听到由衷的笑声。甚至可以说，穷人在想哭的时候也是常常笑的。

我很熟悉那个世界。我父亲所属的苏斯家族的那一代经历过最悲惨的贫困。那时，我父亲在一家机器厂打零工。他不夸耀那个时代，别人也不。可是那时候的情景是真实的。

在我今后的生活中，我再也不会像在童年的短短的岁月中笑得那样厉害了，这也是真实的。

没有了我那笑得那么甜蜜、终于笑得流眼泪、笑到咳嗽得几乎透不过气来的、红脸盘儿的、快活的母亲，我怎么会笑呢。

有一次，我俩花了整整一个下午来找七个铜板，就是她，也从来不曾像那一次笑得那么厉害。我们找寻那七个铜板，而且终于找到了。三个在缝衣机的抽屉里，一个在衣橱里……另外几个却是费了更大的劲才找出来的。

头三个铜板是我母亲一个人找到的。她希望在缝衣机抽屉里再找到几个，因为她时常给人家做点针线活，赚来的钱总是放在那里面。在我看来，那个缝衣机抽屉是个无穷无尽的宝藏，只要伸手就能拿到钱。

因此，我非常奇怪地看着我母亲在抽屉里边搜寻，在针线、顶针、剪子、扣子、碎布条等中间摸索，又突然大惊小怪地叫了起来：

"它们都躲起来啦！"

"谁呀？"

"小铜板哪。"我母亲笑着说，她把抽屉拉了出来。

"来，我的小乖乖，不管怎么样，我们得把这些小坏蛋找出来。呵，这些淘气的，淘气的小铜板！"

她蹲在地板上，把抽屉放下来，直像是怕它们会飞掉。她又像人家用帽子扑蝴蝶似的突然把抽屉翻了个身。

看她那个样子，叫你不能不笑。

"它们就在这儿啦，在里头啦。"她咯咯地笑着说，不慌不忙地把抽屉搬起来，"假如只剩一个的话，那就应该在这儿。"

我蹲在地板上，注视着有没有晶亮的小铜板悄悄地爬出来。可是，那儿没有一样东西蠕动。事实上，我们也并不真的相信里面会有什么东西。

我们彼此望望，觉得这种儿戏可笑。

我碰了碰那个翻了身的抽屉。

"嘘！"我母亲警告我，"当心，会逃走的啊。你不晓得铜板是个多么灵活的动物，它会很快地跑掉，它差不多是滚着跑的。它滚得可快哪……"

我们笑得前仰后合，我们从经验中知道一个铜板多么容易滚走。

当我们平静下来的时候，我又伸手去翻转抽屉。

"哦！"我母亲又叫起来。我吓得连忙把手缩回来，好像碰到一只火辣辣的炉子。

"当心，你这个小败家精！干吗急着把它放走呀！只有它藏在下面的时候，它才是属于我们的呢。让它在那儿多待一会儿吧！你瞧，我要洗衣服，得用肥皂，可是肥皂起码要花七个铜板才能买到，少一个就不行。我已经有三个了，还差四个。它们都在这小屋子里，它们逗留在这儿，但是它们不喜欢人去惊动。假如它们生了气，它们就一去不回了。当心，钱是很敏感的，你得很巧妙地对付它，要毕恭毕敬地。它像少妇一样容易气恼。你不是会唱迷人的曲儿吗？也许我们可以把它从它的蜗牛壳里逗出来呢。"

天晓得我们在这唠叨不休的谈话中间笑得多起劲。不过那的确是非常好笑的。

铜板叔叔快出来，

你的房子着火啦！……

我一面说，一面就把它的房子翻过来。

下面是各种各样的破烂儿，就是没有钱。

我母亲噘着嘴在乱翻，但是毫无结果。

“多可惜呀，”她说道，“我们没有桌子。假如把它倒在桌面上，我们就可以做得更隆重了，并且我们一定会从下面找到一些什么的。”

我把那堆破烂儿抓在一起，放回抽屉里。这时我母亲正在寻思，她绞尽脑汁地想她是不是曾经把钱放在别的什么地方，但是她什么也想不出来。

不过，我的心里倒动了一个念头。

“亲爱的妈妈，我知道一个地方有一个铜板。”

“在哪儿，我的孩子？我们快把它找出来吧，别让它像雪一般融化掉。”

“玻璃橱里，在那个抽屉里。”

“哦，你这倒霉孩子，亏了你早先没有说出来！不然，这时一定不在那里了。"

　　我们站起来，走到早已没有玻璃的玻璃橱前，还好，我们在它的抽屉里找到了那个铜板，我知道它一定是在那里的。这三天来，我一直准备把它偷走，就是不敢。假如我敢偷的话，我一定拿它买了糖啦。

　　"得，我们已经有四个铜板了。打起精神来吧，我的小宝贝，我们已经找到一大半了，再有三个就够了。我们既然花了一个钟头找到了这一个，到下午喝茶的时候，我们就可以找到那三个了。尽管那样，在天黑以前我还可以洗不少衣服呢。快点儿吧，也许其余的抽屉里都有一个铜板呢。"

　　每个抽屉里都有一个就好了！那就真的了不起！这个老橱柜在它年轻的时候曾经收藏过很多东西。但是，在我们家里，这个可怜的家伙却不曾放过很多东西，难怪它变得那么破烂，生了虫，到处是窟窿了。

　　我母亲对每一个抽屉都唠叨一番。

　　"这一个抽屉豪华过一阵！那一个从来没有过东西！这一个呢，永远是靠借债度日的！唉，你这缺德的可怜的叫花子，你连一个铜板也没有么？这一个不会有什么东西了，因为它在守护我们的穷神。假如现在不给我一点东西，你就永远别想有一点东西了，这是我唯一的一次向你要东西！"

"瞧，这一个最多！"她笑着叫道，拉出那个连底也没有了的最下一层的抽屉。

她把它套在我的脖子上，于是我们坐在地板上，放声大笑。

"别笑了，"她突然说道，"我们马上就有钱了。我就要从你爸爸的衣服里找出一些来。"

墙上有些钉子，上面挂着衣服。你说怪不怪，我母亲把手伸进头一个口袋，就马上摸到了一个铜板。

她简直不相信自己的眼睛了。

"瞧，"她叫道，"我们找着了！我们已经有多少啦？简直数不过来了！一，——二，——三，——四，——五，——五个！再有两个就够了。两个铜板算什么？算不了什么。既然有了五个，另外两个没有疑问就要出现的。"

她非常热心地搜寻那些衣袋，可是，天哪，什么结果也没有。她一个也找不出来了。就连最有趣的笑话也没法把另外两个铜板逗出来了。

由于兴奋和辛苦，我母亲的两颊已经泛起两朵红晕。再不能让她干下去了，因为这样会叫她马上害病的。这当然是一件例外的工作，谁也不能禁止谁找钱哪。

下午喝茶的时候到来了，又过去了。夜不久就要来临。我父亲明天需要一件衬衫，可是我们没法洗。单是井水是洗不掉油污的。

这时，我母亲拍了拍前额。

"哦，我有多么傻！我就不曾看看我自己的衣袋！既然想起来了，我就去看看吧。"

她去看了一下，你相信么，她真在那里找着了一个铜板，第六个。

我们都兴奋起来，现在只缺一个了。

"把你的衣袋也给我看看，说不定那儿也有一个！"

我的衣袋！我可以给她看的，里面什么也没有。

到了晚上，我们有了六个铜板，可是我们好像一个也没有一样。那个犹太人不肯放账，邻居们又像我们一样穷，也不作兴去向人家讨一个铜板啊！

除了打心坎上笑我们自己的不幸以外，再也没有别的办法了。

这时，一个叫花子走了进来。他用唱歌的调子发出一阵悠长的哀叹。

我母亲笑得几乎昏过去了。

"算了吧，我的好人，"她说道，"我在这儿糟蹋了整整一个下午，因为需要一个铜板。少了它就买不到半磅肥皂。"

那个叫花子，一个脸色温和的老头儿，瞪着眼睛看着她。

"一个铜板？"他问道。

"是的。"

"我可以给你一个。"

"这还了得，接受一个叫花子的布施！"

"不要紧，我的姑娘。我不会短少这一个铜板的。我短少的是一铲子土，有了这，就万事大吉了。"

他把一个铜板放在我的手里，然后满怀着感恩的心情蹒跚地走开去了。

"好吧，"我母亲说道，"再没有……"

她停了一会儿，然后发出一阵大大的笑声。

"钱来得正是时候！今天再也洗不成衣服了。天黑了，我连灯油也没有！"

她笑得透不过气来。这是一种可怕的、致命的窒息。她弯着腰把脸埋在手掌里，我去扶她的时候，一种热乎乎的东西流过我的手。

那是血，是我母亲的血，是她宝贵的、圣洁的血。我的母亲呀，就连穷人中间也很少有人像她那样会笑的。

[凌山　译]

放在心里的人

牵手阅读

　　莫里兹出生于贫苦的农民家庭，他小时候的生活颠沛流离，十分穷困。这篇小说便是对他儿时艰难生活的反映，母亲和"我"为了凑足七个铜板买肥皂洗衣服，找遍了家里每一个角落，最后一个铜板还是叫花子老头给的，只有和"我"一样的穷人才能理解穷人的苦处啊！妈妈的笑声贯穿全文，不过这笑声里包含的真的是快乐吗？

你好，妈妈！

[俄罗斯]罗日杰斯特文斯基

你好，妈妈！
你的歌
　　又在我梦中萦绕。
你好，妈妈！
你的爱
　　像记忆那样光明普照。
世界呈现金色并非由于太阳——
你的善良
　　涵盖了天涯海角。

你逐渐衰弱——
你的力量
　　融进我心海的波涛。
你渐趋高龄——

你的岁月

　　伴我走过人生大道。

无论江河流逝到什么年代，

对我说来

　　你永不衰老。

你的双手，

为十口之家

　　不停地操劳。

蓝天下

　　你的孙子孙女

　　　　　诞生了。

手扶摇篮又一次唱起了歌谣，

你从小孙女的模样，

忽然认出了自己的容貌。

地球上

　　好心肠的人不少，

可以亲近的人也不少。

但是归根结底，归根结底，

就数妈妈，

我的妈妈

最好!

［谷雨　译］

牵手阅读

　　这是一首给妈妈的赞歌，妈妈无私的爱意、广博的善良、操劳一生的双手，无一不值得赞美与感激，可是妈妈的伟大不止于此，每个人对于妈妈的理解也有一些不同。请你放下手中的书，拿起笔，给自己的妈妈写一首小诗吧！

父亲上法庭

［菲律宾］卡洛斯·布罗山

我四岁时，随同母亲、哥哥和姐姐们住在吕宋岛的一个小镇上。父亲的田庄在一九一八年毁于我们菲律宾惯有的一次突如其来的洪水，所以这以后的几年里，我们都住在镇上，虽然父亲是比较喜欢住在乡下的。我们隔壁的住户，是一个很有钱的人，他的儿女们难得迈出大门一步。我们这些男女孩子在阳光下唱歌和游戏，他们却躲在屋子里，窗户关得紧紧的。他的屋子很高，所以他的儿女们可以透过我们的窗口直望到我们屋里，看我们在玩耍或睡觉，或者在吃东西——当屋里有东西可吃时。

这个有钱人家的用人们常常在炸、煮好吃的东西，而食物的香味就从那大屋子的窗口飘荡下来。我们在它的外面闲荡，吸着食物美妙的气味。有时在早晨，我们全家人站在这个富人家的窗外，听着油煎厚片腌猪肉或火腿所发出的悦耳的咝咝声。我还记得，有一天下午，我们这个邻居的用人们在烤三只雏鸡。鸡很嫩，肥油滴在炙热的木炭上，发出一阵令人神往的气味。我们看着用人们翻来翻去地烤那些可爱的雏鸡，吸取那飘送给我们的妙不可言的味道。

有时候，那个有钱人出现在窗口，对我们怒目而视。他对我们一个个地看过去，好像在宣告我们的罪状。我们个个身强体壮，因为我们每天生活在户外阳光下，还在从山上汇流入海的清凉的河水中洗澡。有时候，我们出去玩之前，先在家里相互角斗一番。我们老是兴高采烈、精神焕发，而我们的笑声也是具有传染性的。其他邻居走过我们的家时，常常会停留在我们的院子里，同我们一起哈哈大笑。

笑是我们唯一的财富。父亲是一个爱笑的人。他经常走到堂屋里，站在高大的镜子前面，用指头去拉嘴巴，做出各种各样的怪相，自己给自己装鬼脸，然后跑到厨房去，笑得不亦乐乎。

惹我们笑的事情实在多。例如，有一天，我的一个哥哥从外面回来，腋下挟着一个小包裹，装得像是买了什么好吃的回来——说不定是羊腿或类似的珍品哩！害得我们口水顿生。他冲到母亲身边，把那包东西丢在她的膝盖上。我们站在周围，看着她解开那繁杂的绳结。

放在心里的人

017

突然间，包裹里跳出一只黑猫，在房里左奔右撞。母亲追上哥哥，伸出她的小拳头打他。其他的人都笑得前仰后合，气都透不过来了。

……

我们常常这样尽情地大笑。因为我们闹得那么凶，所以除了那富裕之家以外，所有的邻居都来到我们的院子里同我们一起发出响亮、真挚的笑声。

像这样的日子我们过了好几年。

日子一天天过去。那个富人的孩子们变得面黄肌瘦，患了贫血症似的；而我们却越发壮健，越发生气蓬勃。我们的脸色红润，焕然发光；而他们的脸色苍白憔悴。那个有钱人开始在夜间咳嗽了，不久，他在白天和晚上都咳嗽。之后，他的妻子也开始咳嗽了。再下去，连他的儿女也一个一个地咳嗽了。夜里，他们的咳嗽声，好像一群海豹的吠声。我们在他们窗外听着这些声音，真不知道是怎么回事。但我们知道，他们不是由于营养不良而生了病，因为他们还经常炸着美味可口的食物。

有一天，那个富人出现在一个窗口，在那儿站了很久。他先对我的心宽体胖的姐姐们看看，然后看看我的哥哥们；他们的四肢像莫拉未——我们菲律宾最坚实的树——一样粗壮。他砰地关上窗门，又跑去把所有的窗户都关上。

从那天起，我们这个邻居家里的窗户老是关着。他的儿女们再也不出门了。我们还听得到他的用人们在厨房里煮东西的声音，而不管他的窗户闭得怎么样严紧，食物的芳香还是任风吹荡，无偿地飘到我们的家里。

一天早上，一个来自镇公所的警察带着一张盖了官印的公文来到我们家。那个富人向法庭控告我们了。父亲带着我同去见镇公所书记，问他这到底是怎么一回事。他告诉父亲说，那个富人控告我们多年来一直在偷窃他的财富和食物的精华。

到了我们要出庭的那一天，父亲把他的旧军装刷刷干净，还向我的一个哥哥借了双鞋穿上。我们比别人更早地到了法庭。父亲就在庭中央的一把椅子上坐下，母亲坐在门边的一把椅子上，而我们孩子则坐在靠墙的一条长板凳上。父亲不时地从座位上跳起来，挥动双臂，仿佛在假想的陪审官面前为自己辩护。

那个富人来到法庭了。他已变得苍老无力，脸上布满一道道深深的皱纹。和他在一起的是一个他聘请的青年律师。旁听者们也进来了，座位差不多都坐满了。最后，法官进入法庭，坐在一把高椅上。我们急忙站起来，又再坐下去。

法庭的初步程序办毕之后，法官看着我父亲问："你有没有律师？"

　　"我不需要什么律师，法官。"他说。

　　"开庭。"法官说。

　　那个富人的律师跳起来，翘起手指指着我的父亲说："你承认不承认你曾经偷了原告的财富和食物的精华？"

　　"我不承认！"父亲说。

　　"当原告的用人们在炸煎肥羊腿或童子鸡的时候，你和你的家人在他的窗口走动，并且吸取了食物的美好的精华。你承认不承认？"

　　"我承认。"父亲说。

　　"当原告和他的子女身体日益病弱，得了肺结核的时候，你和你的家人却变得身强力壮，容光焕发。你承认不承认？"

　　"我承认。"父亲说。

　　"你对这事作何解释呢？"

　　父亲起身，迈步走来走去，沉思地搔着头皮，然后他说："我要看看原告的子女，法官。"

　　"把原告的子女带进来。"

　　他们畏葸地走进来。旁听者们看到这些孩子那么瘦弱苍白，惊愕得禁不住用手盖着嘴。这些孩子悄悄地走到一条板凳前坐下，俯首凝视着地板，他们的手局促不安地动弹着。

起初父亲连一句话也说不出来，只是站在椅子旁边，瞧着他们。最后他说："我要跟原告对质。"

"进行。"

"你认为，我们'偷了'你的财富的精华，所以成为一个充满欢笑的家庭，而你的家庭却笼罩上了愁云惨雾，是吗？"父亲问。

"是的。"

"你认为，当你的用人们在煮东西的时候，我们在你的窗口走动，因而'偷了'你的食物的精华，是吗？"父亲问。

"是的。"

"那么我们现在就要'还'给你了。"父亲说。他走到我们孩子坐着的板凳旁边，拿起在我膝盖上的草帽，把那些从他自己的衣袋里掏出来的铜币一个一个放在草帽里。他走到我的母亲那边去，她也添上一把银币。我的哥哥们也投入他们的小钱。

"我可以穿过大厅到那间房间去待一会儿吗，法官？"父亲问。

"随你的便。"

"谢谢你。"父亲说，两手捧着草帽，草帽几乎盛满了钱币。他大踏步走进对面的那间房间，两个房间的门都敞开着。

　　"你们准备好了没有？"父亲叫道。

　　"进行吧。"法官说。

　　钱币叮叮当当的悦耳声音，美妙地传到法庭里。旁听的人们诧异地对发出声音的地方看着。父亲走回来，站在原告面前。

　　"你听到了吗？"父亲问。

　　"听到什么？"那个富人问。

　　"我摇动这顶草帽的当儿——钱的精华。"他说。

　　"听到了。"

　　"那你已经得到赔偿了。"父亲说。

　　那个富人张嘴要说话，却无声无息地摔倒在地上了。他的律师冲过去援助他。法官敲起了他的小棰子。

　　"休庭。"他说。

　　父亲昂首阔步地在法庭中绕圈子，法官竟从他的高椅子上下来同他握手。"顺便提一提，"他低声说，"我有一个伯父就是笑死的。"

　　"你喜欢听听我们家的笑声吗，法官？"父亲问。

　　"怎么不喜欢！"

"听说了吗，孩子们？"父亲说。

我的姐姐们开始大笑，我们也随着她们笑，一会儿，旁听的人们也同我们一起笑。他们俯伏在椅子上捧腹大笑，而法官的笑声是所有人的笑声中最响亮的。

[高驰 译]

牵手阅读

父亲被告上法庭的原因令人哭笑不得，好在他以同样的原理机智地化解了困境，富人甚至气得摔倒在地，法庭里旁听的人都被这一家人的快乐感染了。快乐将会赐予我们对抗困境的力量，无论何时，请你笑对生活。

生日卡片

席慕蓉

刚进入台北师范艺术科的那一年，我好想家，好想妈妈。

虽然，母亲平日并不太和我说话，也不会对我有些什么特别亲密的动作，虽然，我一直认为她并不怎么喜欢我，平日也常会故意惹她生气；可是，一个十四岁的初次离家的孩子，晚上躲在宿舍被窝里流泪的时候，呼唤的仍然是自己的母亲。

所以，那年秋天，母亲过生日的时候，我特别花了很多心思做了一张卡片送给她。在卡片上，我写了很多，也画了很多，我说母亲是伞，是豆荚，我们是伞下的孩子，豆荚里的豆子；我说我怎么想她，怎么爱她，怎么需要她。

卡片送出去以后，自己也忘了，每次回家仍然会觉得母亲偏心，仍然会和她顶嘴，惹她生气。

好多年过去了，等到自己有了孩子以后，才算真正明白了母亲的心，才开始由衷地对母亲恭敬起来。

十几年了，父亲一直在国外教书，只有放暑假时偶尔回来一两次，母亲就在家里等着妹妹和弟弟读完大学。那一年，终于，连弟弟也当完兵又出国读书去了，母亲才决定到德国去探望父亲并且留在那里。出国以前，她交给我一个黑色的小手提箱，告诉我，里面装的是整个家族的重要文件，要我妥善保存。

黑色的手提箱一直放在我的阁楼上，从来都没想去碰过，一直到有一天，为了找一份旧的房籍资料，才把它打开。

我的天！真的是整个家族的资料都在里面了。有外祖父早年那些会议的照片和札记，有父母的手迹，他们当年用过的哈达，父亲的演讲记录，父母初婚时的合照，朋友们送的字画，所有的纸张都已泛黄了，却还保有着一层庄严和温润的光泽。

然后，我就看到我那张大卡片了，用红色的圆珠笔写的笨拙的字体，还有那些拼拼凑凑的幼稚的画面。一张用普通的图画纸折成四折的粗糙不堪的卡片，却被我母亲仔细地收藏起来了，和所有庄严的文件摆在一起，收藏了那么多年！

卡片上写着的是我早已忘记了的甜言蜜语，可是，就算是这样的甜言蜜语也不是常有的。忽然发现，这么多年来，我好像也只画过这样一张卡片。长大了以后，常常只会选一张现在的印刷好的甚至带点香味的卡片，在异国的街角，匆匆忙忙地签上个名字，匆匆忙忙地寄出。有时候，在母亲收到的时候，她的生日都已经过了好几天了。

所以，这也许是母亲要好好地收起这张粗糙的生日卡片的最大理由了吧。因为，这么多年来，我也只给了她这一张而已。这么多年来，我只会不断地向她要求更多的爱，更多的关怀，不断地向她要求更多的证据，希望从这些证据里，能够证明她是爱我的。

而我呢？我不过只是在十四岁那一年，给了她一张甜蜜的卡片而已。

她却因此而相信了我，并且把它细心地收藏起来，因为，也许这也是她从我这里能得到的唯一的证据了。

在那一刹那，我才发现，原来，原来世间所有的母亲都是这样容易受骗和容易满足的啊！

在那一刹那里，我不禁流下泪来。

牵手阅读

也许爱的传达和接收不小心有些延迟，母亲却会将孩子所有的爱意悄悄珍藏。你有多久没有送过妈妈礼物、有多久没有和妈妈拥抱过了呢？请你现在就用行动告诉她，你有多爱她。

放在心里的人

爸爸教我动动脑

许义宗

　　小时候，爸爸喜欢问我问题。有一次，他问我：

　　"一个金鱼缸里有十条金鱼，死了三条，还有几条金鱼？"

　　我觉得太简单了，很自信地马上回答说：

　　"还有七条！"

　　爸爸摇摇头，笑了笑说：

　　"答案一定是七条吗？你要动动脑！"

　　我想了又想，回答说：

　　"也可能是十条。"

　　爸爸摸摸我的头，说：

　　"再动动脑！"

　　我又想了又想，回答说：

　　"也可能是三条，也可能是零条吧！"

　　爸爸拍拍手，问我：

　　"为什么？"

我很得意地说：

"第一种可能是养金鱼的人，是个戴眼镜的小朋友。态度很认真，金鱼为什么会死呢？他要探究原因，他用放大镜东瞧瞧西看看，看不出原因，又用手东捏捏西摸摸，还是摸不出原因，他想起了动物医生，就请他来诊断，动物医生说：'这三条金鱼是患了严重的感冒死的，这种感冒具有强烈的传染力！'养金鱼的人听了，赶紧把三条死金鱼捞起来埋了，并且说：'我要好好地养活剩下的七条金鱼。'所以金鱼缸里还有七条金鱼。

"第二种可能是养金鱼的人，是个忙碌的年轻家伙，认为'生死由命，富贵在天'，死了就死了，任他去了，没去理它，所以金鱼缸里的金鱼还有十条！

"第三种可能是养金鱼的人，是个迷信的中年人，他认为金鱼缸的风水不好，赶紧去买一个新的金鱼缸，把活生生的七条金鱼捞起来，放在新的金鱼缸里，换换风水。原来的金鱼缸里，只剩下三条死翘翘的金鱼！

"第四种可能是养金鱼的人，是个白发老公公，他看到心爱的金鱼死了三条，心里很伤心，伤心得掉下泪来，而且还用自己的手指头指着自己的鼻子，骂自己：'我年纪活了一大把，连小小的十条金鱼都养不活，我还养它干吗？'说完，老公公就把金鱼送人，所以金鱼缸里一条金鱼也没有了。……"

我滔滔不绝地说了又说。爸爸拍拍我的肩膀，把我的话打断，他说：

"太好了！太好了！"

牵手阅读

故事里小主人公的奇思妙想有没有让正在读书的你大吃一惊呢？谁都不知道在小孩子的头脑之中究竟装着多少种奇妙的可能。这其中也少不了父亲的引导与鼓励，是父亲的大手拉着我们的小手，带着我们一步步走向更广阔的世界。

自然之声

月 亮

［美国］罗伯特·斯蒂文森

月亮的面孔像大厅里的钟，
她照着小偷儿爬上花园的围墙，
她照着大街、港口的码头、田垄，
她照着小鸟儿在树杈里进入梦乡。

咪咪叫的猫，吱吱叫的老鼠，
大门口那只汪汪叫的狗，
白天在床上睡觉的蝙蝠，
全都爱借着月亮光出游。

属于白天的一切生命，
都不理睬月亮，全都去睡觉；
花朵和孩子都闭上眼睛，
直到太阳升，早晨来到。

［屠岸、方谷绣　译］

太阳落山一定意味着黑暗吗？抬头仰望，漆黑的夜幕中还悬挂着散发银辉的月亮，它把那些在白天得不到关照的生命拥抱在怀里默默守护。如果你也对月光下的世界感到好奇，不妨专心地望一望月亮，也许你也会爱上它那沉默宁静的面孔。

四季的美

[日本]清少纳言

春天最美是黎明。东方一点儿一点儿泛着鱼肚色的天空，染上微微的红晕，飘着红紫红紫的彩云。

夏天最美是夜晚。明亮的月夜固然美，漆黑漆黑的暗夜，也有无数的萤火虫翩翩飞舞。即使是蒙蒙细雨的夜晚，也有一只两只萤火虫，闪着朦胧的微光在飞行，这情景着实迷人。

秋天最美是黄昏。夕阳照西山时，感人的是点点归鸦急急匆匆地朝窠里飞去。成群结队的大雁儿，在高空中比翼联飞，更是叫人感动。夕阳西沉，夜幕降临，那风声、虫鸣声听起来也叫人心旷神怡。

冬天最美是早晨。落雪的早晨当然美，就是在遍地铺满白霜的早晨，在无雪无霜的凛冽的清晨，也要生起熊熊的炭火。手捧着暖和的火盆穿过廊下时，那心情和这寒冷的冬晨是多么和谐啊！只是到了中午，寒气渐退，火盆里的火炭，大多变成了一堆白灰，这未免令人有点儿扫兴。

[卞立强　译]

牵手阅读

　　春天身披霞光的黎明，夏天萤火虫飞舞的夜晚，秋天举办音乐会的黄昏，冬日落雪的早晨，这是作者心目中四季最美的景色。留心观察就会发现，大自然的美景数不胜数，春有"碧玉妆成一树高，万条垂下绿丝绦"；夏有"小荷才露尖尖角，早有蜻蜓立上头"；秋天"停车坐爱枫林晚，霜叶红于二月花"的枫林美景引人驻足；到了冬天，"忽如一夜春风来，千树万树梨花开"的浪漫总能让人产生无限遐想。你心中的四季美景又是怎样的呢？

自然之声

在森林里

［苏联］艾　敏

树上的鸟儿
教我歌唱。
蜜蜂教我
莫要浪费时光。
大地耐心地教我
容忍谦让。
而植物的根却教我
紧紧地依靠土壤。

无论哪一条小溪
都教我要有温柔
和善良的心地。
高山教我
在困难面前
莫把头低。
蝴蝶教我

珍惜每天的光阴，

不要放过瞬息。

而橡树教我：

在死神面前

要昂首挺立，

不呻吟，

不哭泣，

也别用渐渐变冷的双手

去捕捉黎明的空气，

而要泰然处之，自豪无比，

像大树，

如岩壁。

[王守仁　译]

牵手阅读

　　"岁寒，然后知松柏之后凋也"，挺拔、耐得住严寒的松柏教给我们坚韧不拔；空谷幽兰激励我们成为高雅的人；"野火烧不尽，春风吹又生"的小草教导我们永不放弃。从大自然身上我们能学到的还有很多。

自然之声

大自然的文字

［苏联］伊　林

　　你老早就认识了字，并且能毫不费力地读出街上的随便哪一块招牌。你不会跑到理发馆里去买药，也不会跑到药房里去理发。

　　如果人们不陪你，你也会很容易地找到路，只要给你正确的地址：街名和门牌号码。

　　文字真是好东西。认识了字，就可以读完最厚的书，可以了解世界上的一切事情。

　　字母"A"——一切有学问的人都是从它出发走向奇异的科学世界的。

　　但是也有另外一套文字，这是每个想成为真正有学识的人应该知道的。

　　这就是大自然的文字。它总共有成千上万个字母，天上的每颗星就是一个字母，你脚下的每粒小石子也是一个字母。

　　所有的星对于不认识这套文字的人来说，全是一样的东西，而认识的人却认得每颗星的名字，并且可以说出它跟别的星有什么分别。

就像书里的话是用字母组成的一样，天上的星也组成星座。

自古以来，当水手们需要在海上寻找道路的时候，他们就去看那星星写成的书。你知道在水面上船只是不会留痕迹的，那里也没有什么写着"由此往北"的有箭头的指路牌。

但是水手们也并不需要这样的指路牌。他们有上面有磁针的罗盘，磁针永远指着北边。即使他们没有罗盘，他们也照样迷不了路。他们朝天望望，在许多星座当中找到了小熊星座，在小熊星座当中找到了北极星，有北极星的那边就是北方。

云，这也是天空大书上的字母。它不但讲现在的事情，而且讲将来的事情。在天气最好的日子，根据云可以预测出雷雨或者淫雨。

那边在蔚蓝的天空上，伸展着一片白色的丝缕——好像有人把一绺白发投向天空。

认得大自然文字的人，立刻可以说出，这是卷云。有卷云就不会有好天气。从它们可以预测出，十成有九成是阴雨天。

自然之声

有时候在炎热的夏季，远远耸立着一座白色的云山。从这座云山向左右伸出两个尖头，山变得像铁匠铺里的铁砧了。

飞行员知道，砧状云是雷雨的预兆，应该跟它离得远才好。如果在它里面飞行，它会把飞机毁掉——在那儿的风就是刮得这么有力。

天空的使者——鸟——也会教给那些留心观察它们的人许多事情。

假如燕子在空中飞得很高，看上去很小很小，那就会有好天气。

白嘴鸦飞来说，春天已经来到大门口了。而飞走的鹤不用日历就可以告诉人，热天已经过去了。

太阳光还是很热的，是个平静、晴朗的日子。这时候从远方传来奇怪的不安的声音，好像有人在高空互相呼应着。声音越来越高，越来越近。终于凝视天空可以勉强分辨出一张模糊的蜘蛛网，就像给风吹着似的。蜘蛛网飞近了，抬起头来，已经瞧出，这不是什么蜘蛛网，而是许多长脖子的鸟。它们像一个人字形那样飞着，排成整齐的队形朝着阳光照耀着的森林飞行。

又重新分辨不出个别的鸟来了，看来又像是一张蜘蛛网。一转眼工夫，连蜘蛛网也无影无踪了，它好像融化在天空里一样。只有那声音还从远方传来，好像在说：

"再见！再见！明年春天见！"

阅读天空这本大书，可以了解许多新奇的东西。

连我们脚底下的土地，在会读它的人看来也是一本很有趣的书。

现在，在建筑工地上，挖土工人的铁锹碰到了灰色的石头。在你看来不过是普通的石头，可是在懂得大自然文字的人看来，它并不是普通的石头，而是石灰石。它是由碎贝壳形成的，你知道贝类是海洋里的居民。可见，在很古的时代，这个现在是城市的地方曾经是一片汪洋大海。

有时候，你在森林里走，忽然看到，森林当中放着一块很大的花岗岩石块，上面披着青苔，就像披着毛皮一般。

它是怎样到这儿来的呢？谁有这样大的力气把这么大块的石头搬到森林里来呢？而且，它又是怎样穿过茂密的森林的呢？

谁如果认识大自然的文字，就会立刻说出，这叫作漂砾，它不是人搬来的，而是冰搬来的。这些冰块从寒冷的北方爬过来，沿路把岩石砸碎，并且把砸下来的碎石块带着一起走。这是很久以前的事了，当时这儿还根

自然之声

本没有森林，漂砾周围的森林是后来才长的。

要学会大自然的文字，应当从小就常常到森林里或者田野上去走走，去注意观察一切东西。假如有什么不明白的地方，应当到书里去寻找，看那里边有没有解释。

每一次还应该去请教有学识的人，这是什么石头？这是什么树？这只鸟叫什么名字？雪地上面是什么东西的足迹？

老是坐在家里的人，永远不会了解大自然的文字。

从前我们认识一个男孩子，他非常爱读童话，讲到从来没见过的怪物的，讲到女水妖的，讲到巫师的。

按说，读童话——这不是件不好的事情。

不过不好的是，他不会，也不爱读那一切书籍里最有趣味的书——大自然的书。再说，他怎么去读呢？他连字母也不认识，树木跟树木分不清，鸟跟鸟也分不清。

有一次，人们叫他到森林里去采浆果。

他看到灌木丛上生长着汁液很多的红浆果。浆果是这样丰富，他高兴极了。他想："我虽然不常到森林里来，可是采摘的要比大家都多。"

他摘了满满一篮浆果带回家去。他在路上馋得忍不住了，想大吃一顿。他吃了几颗浆果，觉得有点恶心，后来肚子竟然疼痛起来。

还好，他当时呕吐出来了，要不就会中毒的。

他再也不要吃这样的浆果了。大自然已经给他教训，让他学会了辨别好的浆果和有毒的浆果。大自然是很严厉的老师，它对那些不认识它的文字的人，处罚得很重。

如果这个男孩子时常随着大人或者年纪大一些的孩子到森林里去，他们就会对他解释，他在森林里找到的那种浆果虽然美丽，却是有毒的。

草蕈也是美丽的。它的帽子是鲜红色的，上面有许多白点儿。你如果把它带回家去，大伙儿非取笑你不可。

刚才说的那个孩子还发生过另外一件事情。有一回，孩子们到菜园子里去锄草，约他一起去。

他拒绝了，说："等一等，让我把童话读完了再去。"

"好吧，"孩子们说，"我们给你留一垄地。"

这个男孩子把这本书从头到尾读完以后，就到菜园里去。然而杂草和胡萝卜是不容易分别的。他开始来锄草，不过锄的统统是胡萝卜，反倒把杂草给留下了。

当大家看到他的工作成绩的时候，他可倒霉了。妈妈责备他，孩子们也来取笑他。

这个孩子的视力是很好的，但是他不注意观察。有一次他在森林里走，什么也看不见。他经过兽洞旁边，一点也没理它。他的赤脚触到了刺猬的尖刺，他才看到它。他辨别不出雪地上兔子的足迹和狗的足迹。

春天，有一次他到森林里去，迷了路。

如果是别人处在他的地位，就会考虑，房子一般都坐北朝南，太阳光照射着那儿。不错。太阳藏在云里，但是这有什么要紧呢！没有太阳也可以知道，哪边是南，哪边是北。树木上的青苔生长在北边。雪的融化总是在树木的南侧开始，太阳照射不到的北面融化得迟。

所有这些文字都是为那些会读大自然的书的人准备的。

但是糟糕的是，这个男孩子并不认得这些字。于是他一直在森林里彷徨到深夜，才找到一个不认识的村庄。他不得不在那儿过夜。可是这时候他家里着急得了不得！母亲急得直哭，以为他给狼吃掉了……

关于他的故事真不少！

你当然不会像他那样子。

你现在已经很仔细地去观察看到的一切东西，等你将来做一个建筑工人，或者飞行员，或者海员，或者田地上的工程师——农艺师，你看大自然的书一定会像那印在纸上的书一样清楚明白。

[王学源　译]

牵手阅读

　　大自然本身就是一本厚厚的书，无论是天空中的云朵还是地上爬行的蚂蚁，都是大自然独特的文字，蕴含着丰富的信息。我们由一个个拼音字母开始学习汉语，又逐渐认识了许多方块字，这才能看懂一本书。破译大自然这本书也不容易，首先我们需要走进大自然，看看大自然里究竟有什么，然后才能带着发现的问题去寻找答案。

乡 村

［俄罗斯］屠格涅夫

六月里最后的一天。周围是俄罗斯千里幅员——亲爱的家乡。

整个天空一片蔚蓝。天上只有一朵云彩，似乎是在飘动，似乎是在消散。没有风，天气暖和……空气里仿佛弥漫着鲜牛奶似的东西！

云雀在鸣啭，大脖子鸽群咕咕叫着，燕子无声地飞翔，马儿打着响鼻、嚼着草，狗儿没有吠叫，温驯地摇尾站着。

空气里蒸腾着一种烟味，还有草香，并且混杂一点儿松焦油和皮革的气味。大麻已经长得很茂盛，散发出它那浓郁的、好闻的气味。

一条坡度和缓的深谷。山谷两侧各栽植数行柳树，它们的树冠连成一片，下面的树干已经龟裂。一条小溪在山谷中流淌。透过清澈的涟漪，溪底的碎石子仿佛在颤动。远处，天地相交的地方，依稀可见一条大河的碧波。

沿着山谷，一侧是整齐的小粮库、紧闭门户的小仓房；另一侧，散落着五六家薄板屋顶的松木农舍。家家屋顶上，竖着一根装上椋鸟巢的长竿子；家家门檐上，饰着一匹铁铸的扬鬃奔马。粗糙不平的窗玻璃，辉映出彩虹的颜色。护窗板上，涂画着插有花束的陶罐。家家农舍前，端端正正摆着一条结实的长凳。猫儿警惕地竖起透明的耳朵，在土台上蜷缩成一团。高高的门槛后面，清凉的前室里一片幽暗。

我把毛毯铺开，躺在山谷的边缘。周围是整堆整堆刚刚割下、香得使人困倦的干草。机灵的农民，把干草铺散在木屋前面：只要再稍稍晒干一点，就可藏到草棚里去！这样，将来睡在上面有多舒服！

孩子们长着鬈发的小脑袋，从每一堆干草后面钻出来。母鸡晃动着鸡冠，在干草里寻觅种种小虫。白唇的小狗，在乱草堆里翻滚。

留着淡褐色鬈发的小伙子们，穿着下摆束上腰带的干净衬衣，蹬着沉重的镶边皮靴，胸脯靠在卸掉了牲口的牛车上，彼此兴致勃勃地谈天、逗笑。

圆脸的少妇从窗子里探出身来。不知是由于听到了小伙子们说的话，还是因为看到了干草堆上孩子们的嬉闹，她笑了。

另一个少妇伸出粗壮的胳膊，从井里提上一只湿淋淋的大桶……水桶在绳子上抖动着、摇晃着，滴下一滴滴闪光的水珠。

我面前站着一个年老的农妇，她穿着新的方格子布裙子，蹬着新鞋子。

在她黝黑、精瘦的脖子上，绕着三圈空心的大串珠。花白头发上系着一条带小红点儿的黄头巾。头巾一直遮到已失去神采的眼睛上面。

但老人的眼睛有礼貌地笑着，布满皱纹的脸上也堆着笑意。也许，老妇已有六十多岁年纪了……就是现在也可以看得出来：当年她可是个美人呵！

她张开晒黑的右手五指，托着一罐刚从地窖里拿出来的、没有脱脂的冷牛奶，罐壁上蒙着许多玻璃珠子似的水汽；左手掌心里，老妇拿给我一大块还冒着热气的面包。她说："为了健康，吃吧，远方来的客人！"

雄鸡忽然啼鸣起来，忙碌地拍打着翅膀。拴在圈里的小牛犊和它呼应着，不慌不忙地发出哞哞的叫声。

"瞧这片燕麦！"传来马车夫的声音。

啊，俄罗斯自由之乡的满足、安逸、富饶！啊，宁静和美好！

于是我想到：皇城里圣索菲亚教堂圆顶上的十字架以及我们城里人正孜孜以求的一切，算得了什么呢？

[张守仁　译]

牵手阅读

　　本文按照由上到下、由远及近的空间顺序展现了俄罗斯独特的田园风光，乡村的景美人更美，男女老少各有各的忙碌与快乐，到处都是欢声笑语。这清新的景色和醇美的风情比酒更能醉人。

自然之声

哲与思

主　意

[俄罗斯]米哈伊洛夫

　　一个农民在树林里挖了个陷坑，用枯树枝把坑盖起来，心想：也许会有什么野兽掉在里面。

　　一只狐狸从树林里跑过，它只顾朝上面看，扑通一声掉进了陷坑！一只灰鹤飞过，它落到地上寻食吃，脚被枯树枝绊住了，它拼命想挣脱，却扑通一声掉进了陷坑！

　　狐狸发愁，灰鹤也发愁。它们不知道怎么办才好，怎样才能从坑里出去。

　　狐狸从这个角落跑到那个角落，来回地跑，跑得坑里面尘土飞扬；灰鹤缩起一只脚，不移动地方，一个劲儿啄面前的地，一个劲儿啄面前的地！它俩在琢磨，怎样才能脱险。

　　狐狸跑一会儿，就说："我有一千个，一千个，一千个主意！"

　　灰鹤啄一会儿，就说："我有一个主意！"它们说完，狐狸又开始跑，灰鹤又开始啄地。

狐狸想道："这只灰鹤太愚蠢了！它怎么总啄地呢？它竟不知道，地很厚，反正是啄不透的。"它自己不停地在坑里转悠，说："我有一千个，一千个，一千个主意！"灰鹤不停地啄面前的地，说："我有一个主意！"

农民走来瞧瞧，有没有什么野兽掉在陷坑里，狐狸一听见脚步声，从这个角落跑到那个角落，跑得更欢了，嘴里光说："我有一千个，一千个，一千个主意！"灰鹤却一声也不吭了，也不啄地了。狐狸一瞧：灰鹤躺到地上，两条小腿一蹬，不喘气了。敢情吓死了，可怜的家伙！

农夫拿开枯树枝，看见坑里掉进了一只狐狸和一只灰鹤：狐狸在坑里跑来跑去，灰鹤躺在那儿一动也不动。

"哎呀！你呀！"农夫说，"该死的狐狸！你把这样一只鸟给咬死了！"农夫抓住灰鹤的两条腿，把它从坑里拖上来，摸了摸，灰鹤身上还是热乎乎的，农夫骂狐狸骂得更凶了。狐狸还是在坑里来回乱跑，不知道自己应该采用哪个主意——它有一千个，一千个，一千个主意！"你等着瞧吧！"农夫将灰鹤放在坑旁，去收拾狐狸。

他刚转过身子，灰鹤拍拍翅膀，高声叫道："我有一个主意！"然后飞得无影无踪了。

吃烧饼的剑客

狐狸带着它那一千个，一千个，一千个主意，成了皮大衣上的一条领子。

[佚名 译]

牵手阅读

关键时刻，一个行动的方法胜过一千个嘴上的主意，狐狸要是能从它的一千个主意里随便挑一个，也就不会变成一条领子啦！我们可不要做"语言的巨人，行动的矮子"。

两兄弟

［俄罗斯］列夫·托尔斯泰

　　兄弟两个一起出门去旅行。中午他们走到一个树林里，躺下休息。醒来的时候，看到身旁有一块石头，石头上写着字。他们读了一遍，上面写的是：

　　"如果你遇到这块石头，你可以朝日出的方向一直走到森林里去。森林里有一条河，你要渡过河到对岸去。到了对岸，你会看到一只母熊和几只小熊，你从母熊怀里把小熊抢走，然后头也不回地径直朝山上跑去。到了山上，你会看到一座房子，你便会在房子里找到幸福。"

　　两兄弟读完石头上的字，弟弟说：

　　"咱俩一起去吧，说不定能渡过河，把小熊抱到房子那里，咱们就能一起找到幸福。"

　　哥哥却说：

　　"我不到树林里面去找小熊，我劝你也别去。第一，谁知道这石头上写的话是真的还是假的，说不定只是写

哲与思

055

着玩的。而且，也可能是咱们理解错了。第二，即使石头上写的是真话，咱们到森林里去，天黑下来，找不到河，反而会迷路。即便找到河，咱们怎么能渡过去？说不定这条河又急又宽呢。第三，即便渡过了河，要从母熊那里把小熊抢走，是那么容易的事吗？母熊会把咱们咬死，幸福没有找到，反而白送一条性命。第四，即便咱们把小熊带走，咱们也不能一下就跑到山上。最主要的一点是，石头上并没有说，咱们能在那座房子里找到什么样的幸福，那里的那个幸福，也许咱们根本不需要。"

弟弟说："我可不这样看。石头上的话不会是白白写在上面的，而且写的是一清二楚的。第一，咱们去试一试，并没有什么坏处。第二，如果咱们不去，别人看到石头上的话也会去，他会找到幸福，而咱们却什么也得不到。第三，不克服困难，不付出劳动，世界上就没有什么可爱的东西。第四，我不希望别人都把我当成胆小如鼠的人。"

哥哥说："常言说得好：追求大的幸福，连小的幸福也会丢失；又说：宁肯你交到我手里一只山雀，不愿你空口答应我天上一只仙鹤。"

弟弟说："我倒听到过另外的说法：要是害怕狼群，

就别到森林里去；又说：平放的石头下面，流不过水去。依我看还是应该去。"

弟弟走了，哥哥留下了。

弟弟刚走进森林，就遇到一条河，他渡过河，随即在岸上看到一只母熊。母熊正在睡觉。他抱起小熊，头也不回地朝山上跑去。刚跑到山顶，便有一群人前来迎接他，请他上了马车，把他送进城，并推举他做国王。

他当了五年国王。第六年另一个国王前来进攻，那个国王力量比他强大，占领了他的城市，把他赶走了。于是弟弟又开始流浪，并且找到了哥哥。

哥哥住在一个村子里，生活既不算富，也不算穷。两兄弟见了面很高兴，彼此询问对方的情况。

哥哥说："还是我做得对，我一直生活得安静舒适，你虽然当过一阵国王，可是却吃了不少苦头。"

弟弟说："我并不后悔我当时进了森林上了山。虽然我现在生活苦些，但是我的生活中有值得回忆的东西，你却连值得回忆的东西都没有。"

［施野　译］

哲与思

牵手阅读

　　哥哥从不肯冒险，因此一生安静舒适；弟弟大胆探索，虽又落回低谷但人生曾达高峰。你觉得哥俩谁做得对呢？其实，生命的尽头都是一样的，但过程却有精彩有平庸。一成不变或许足够安逸，生活却会缺少一些激情。

别声响

［俄罗斯］丘特切夫

别声响！要好好地藏起
自己的感情，还有向往。
任凭着它们在心灵深处
升起、降落、不断回荡。
你应该默默地看着它们，
就像欣赏夜空中的星光。
　　　　　　——别声响！

你怎能表白自己的心肠？
别人怎能理解你的思想？
每人有各自的生活体验，
一旦说出，它就会变样！
就像清泉喷出会被弄脏，
怎能捧起它，喝个欢畅？
　　　　　　——别声响！

吃烧饼的剑客

要学会生活在理智之中，
全宇宙，就是你的心房！
可惜神秘而迷人的思想，
会被那外来的噪声扰攘，
甚至日光也把灵感驱散。
但你要懂得自然的歌唱！

——别声响！

[陈先元　译]

牵手阅读

　　这首小诗简短质朴却韵味深刻，我们从小就被教育要敢于表达，但内心深处的感情其实是难以用语言描述的，哪怕堆砌再多的词语也无法将一个人完整地描述起来。鲁迅先生曾说："我将开口，同时感到空虚。"有时"别声响"反而能更好地专注于自己的内心世界。当你的心灵获得安宁与成长，才能发出更理智的声音。

寓言两则

金 江

会飞的公鸡

从前，公鸡飞行的本领很了不起。有一次，鸟儿们比赛飞行，公鸡飞得最高，得到第一名，大家给他戴上了一顶美丽的红帽子。

公鸡快乐地唱起歌来："喔喔喔，谁也比不过我！"

后来，公鸡老是抬着头，挺着胸，得意地唱着歌。

他每天吃吃喝喝，不出门走走，也不练习飞行，公鸡的身体越来越胖了。

有一天，鹁鸪飞来对他说：

"公鸡先生，昨天，老鹰飞得比你高了。"

公鸡摇摇头，伸伸脖子，唱起歌来："喔喔喔，谁也比不过我！"

过了几天，鸽子飞来告诉他：

"公鸡先生，今天早上，云雀、天鹅和燕子练习飞行，都飞得比你高了！"

公鸡还是摇着头说："胡说！我不相信有这么一回事！"

这天，公鸡很不高兴，不再唱歌了。

第二天清早，公鸡还没有起身，喜鹊慌慌张张地飞来。

喜鹊说："哎呀！你还在睡觉。昨天黄昏，连乌鸦也飞得比你高了。"

"什么？"公鸡大吃一惊，问，"是真的吗？"因为公鸡最最看不起乌鸦。

喜鹊说："我亲眼看见的，不骗你！"

公鸡听了有点生气，说：

"哼！我来飞行一次，表演给大家看看！"

喜鹊马上把这消息传开去了。

那天早上，天还没有亮，草地上扑扑地响，鸟儿都飞来了，连住在北方的大雁，住在南方的孔雀，住在沙漠里的鸵鸟，住在海洋边的海鸥，都赶来看公鸡表演了。

太阳升得老高老高，还不见公鸡的影子。直到将近中午的时候，公鸡才慢慢地走到草地上来了。

喜鹊立刻向大家说：

"请大家静一静，我们的公鸡先生来了！"

草地上马上静了下来。公鸡抬起头，挺起胸，跨着大步，神气地走着。鸟儿们热烈地拍手，公鸡只点了点头。

一会儿，表演开始了，千百双眼睛都看着公鸡。大家气也不透，等着看公鸡的精彩表演。

"喔喔喔！"公鸡忍不住快乐地叫一声，拍拍大翅膀，张开来要飞。可是他飞不到三尺高，就落了下来。他的身体变得这样胖、这样重，连公鸡自己也吃惊了。

鸟儿们当公鸡还在做准备动作，大家一声不响。公鸡这才放了心。

公鸡用足力气，张开翅膀向上一飞。这一下，飞得高了——飞起五六尺高，忽然又跌了下来。

鸟儿们忍不住笑了。

公鸡有点慌，他想用一把劲儿，一飞飞上天，叫大家看了大吃一惊。可是，公鸡已经没有力气了。他第三次飞上去，飞不到五尺高，那笨重的身体就像一块木头一样，掉了下来。

鸟儿们大声笑了："哈哈哈！嘻嘻嘻！"

公鸡的脸羞得通红，赶紧逃跑。他跑过老远一段路，还听见后面的笑声。

所以，现在的公鸡飞不高了，但他还是戴着那顶红帽子，抬着头，挺着胸，跨着大步走路。不过不管什么时候，他还总是红着脸的。

哲与思

乌鸦兄弟

乌鸦兄弟俩同住在一个窠里。

有一天，窠破了一个洞。

大乌鸦想："老二会去修的。"

小乌鸦想："老大会去修的。"

结果谁也没有去修，后来洞越来越大了。

大乌鸦想："这一下老二一定会去修了，难道窠这样破了，它还能住吗？"

小乌鸦想："这一下老大一定会去修了，难道窠这样破了，它还能住吗？"

结果又是谁也没有去修。

一直到了严寒的冬天，西北风呼呼地刮着，大雪纷纷地飘落。乌鸦兄弟俩都蜷缩在破窠里，哆嗦地叫着："冷啊！冷啊！"

大乌鸦想："这样冷的天气，老二一定耐不住，它会去修了。"

小乌鸦想："这样冷的天气，老大还耐得住吗？它一定会去修了。"

可是谁也没有动手，只是把身子蜷缩得更紧些。

风越刮越凶，雷越下越大。

结果，窠被吹到地上，两只乌鸦都冻僵了。

哲与思

你是我的伞

四十芬尼一辆自行车

[德国] 埃里希·凯斯特纳

　　我十岁那年，很想有一辆自行车，可爸爸说我们太穷，买不起。打那以后，我便没有提过这事。直到有一天，我从一年一度的集市上跑回家，激动地说："抽彩票小摊上头奖是辆自行车呢！每张彩票二十芬尼！"爸爸笑了。我央求道："要是我们买上两张，顶多三张，也许就能……"他回答说："咱们穷人没那么好的运气。"我恳求他，他却像拨浪鼓似的直摇头。我哭了起来，他这才答应了。"好吧，"他说，"咱们明天下午到集市上去。"我感到非常高兴。

　　到了第二天下午，谢天谢地，那辆自行车还原封不动地摆在那儿。我可以买张彩票了。抽彩轮盘嘎嘎地转起来，很快，我的希望落空了。不过，也不算糟糕，别人也没得那辆车。第二次开始摇奖，我的心都快跳到嗓子眼儿了。我手里拿着第二张彩票，轮盘又嘎嘎地转起来，然后叮当一声停住，奖号是27——我中奖了！

爸爸去世很久以后，妈妈才把当时的实情告诉我。原来头天晚上，爸爸找房东借了一百五十马克，去找那个摆抽彩票摊的摊主，以零售价买下了这辆车，并对他说："明天我和小家伙来，第二次摇奖时请让他中，他应该比我更相信自己的运气。"摇动轮盘的那个人精通自己的行当，哪个数字该中他掌握得非常自如。那笔钱爸爸是一点儿一点儿还清的……不过，我当时的确很高兴，高兴得简直快要疯了，因为我这辆车才花了四十芬尼哩。

[周杰 译]

牵手阅读

你看大山，岿然不动，静默不语，憋着一股劲儿孕育出满山苍翠、生机盎然。不管什么时候回头，大山总在那里一动不动，凝望着你。你远行时，大山是你的保障；你上山时，大山便为你敞开胸怀。父亲就是我们生命中的大山啊！你也许看不到父亲到底为你做了什么，但你知道，父亲远比偶然的运气可靠。

你是我的伞

069

额头与额头相贴

毕淑敏

如今家家都有体温表。苗条的玻璃小棒，头顶银亮的铠甲，肚子里藏一根闪烁的黑线，只在特定的角度瞬忽一闪。捻动它的时候，仿佛是打开裹着幽灵的咒纸，病了或是没病，高烧还是低烧，就在焦灼的眼神中现出答案。

小时家中有一支精致的体温表，银头好似一粒扁扁的杏仁。它装在一支粗糙的黑色钢笔套里，我看过一部间谍小说，说情报就是藏在没有尖的钢笔里，那个套就更有几分神秘。

妈妈把体温表收藏在我家最小的抽屉——缝纫机的抽屉里。妈妈平日上班极忙，很少有工夫动针线，那里就是家中最稳妥的存放东西的地方。

大约七八岁的我，对天地万物都好奇得恨不能吞到嘴里尝一尝。我跳皮筋回来，经过镜子，偶然看到我的脸红得像在炉膛里烧好可以夹到冷炉子里去引火的煤炭。

我想我一定发烧了，我觉得自己的脸可以把一盆冷水烧开。我决定给自己测量一下体温。

我拧开黑色笔套，体温表像定时炸弹一样安静。我很利索地把它夹在腋下，冰冷如蛇的凉意，从腋下直抵肋骨。我耐心地等待了五分钟，这是妈妈惯常守候的时间。

时间终于到了，我小心翼翼地把它拿出来，像妈妈一样眯起双眼把它对着太阳晃动。

我什么也没看到，体温表如同一条清澈的小溪，鱼呀虾呀一概没有。

我百般不解，难道我已成了冷血动物，体温表根本不屑于告诉我了吗？

对啦！妈妈每次给我夹表前，都要把表狠狠甩几下，仿佛上面沾满了水珠。一定是我忘了这一关键操作步骤，体温表才表示缄默。

我拈起体温表，全力甩去。我听见背后发出犹如檐下冰凌折断般的清脆响声。回头一看，体温表的扁杏仁裂成无数亮白珠子，在地面轻盈地滚动……

罪魁是缝纫机板锐利的折角。

怎么办呀？

妈妈非常珍爱这支温度表，不是因为贵重，而是因为稀少。那时候，水银似乎是军用品，寻常百姓极少能接触到，体温表就成为一种奢侈品。楼上楼下的邻居都来借用这支表，每个人拿走它时都说："请放心，绝不会打碎。"

现在，它碎了，碎尸万段。我知道任何修复它的想法都是痴心妄想。

我望着窗棂发呆，看着它们由灼亮的柏油样棕色转为暗淡的树根样棕黑。

我祈祷自己发烧，高高地发烧。我知道妈妈对得病的孩子格外怜爱，我宁愿用自身的痛苦赎回罪孽。

妈妈回来了。

我默不作声。我把那只空钢笔套摆放在最显眼的地方，希望妈妈主动发现它，我坚持认为被别人察觉错误比自己承认错误要少些恐怖，表示我愿意接受任何惩罚而不是凭自首减轻责任。

妈妈忙着做饭。我的心越发沉重，仿佛装满水银。（我已经知道水银很沉重，丢失了水银头的体温表轻飘得像支秃笔。）

实在等待不下去了，我飞快地走到妈妈跟前，大声说："我把体温表给打碎了！"

每当我遇到害怕的事情，我就迎头跑过去，好像迫不及待的样子。

妈妈狠狠地把我打了一顿。

那支体温表消失了，它在我的感情里留下黑洞。潜意识里我恨我的母亲，她对我太不宽容！谁还不曾失手打碎过东西？我亲眼看见她打碎了一个很美丽的碗，随手把两片碗碴儿一撮，丢到垃圾堆里完事。

大人和孩子，是如此的不平等啊！

不久，我病了。我像被人塞到老太太裹着白棉被的冰棍箱里，从骨缝里往外散发寒气。"妈妈，我冷。"我说。

"你可能发烧了。"妈妈说，伸手去拉缝纫机的小抽屉，但手臂随即僵在半空。

妈妈用手抚摸我的头。她的手很凉，指甲周旁有几根小毛刺，把我的额头刮得很痛。

"我刚回来，手太凉，不知你究竟烧得怎样，要不要赶快去医院……"妈妈拼命搓着手指。

妈妈俯下身，用她的唇来吻我的额头，以试探我的温度。

母亲是严厉的人，从我有记忆以来，从未吻过我们。这一次，因为我的过失，她吻了我。那一刻，我心中充满感动。

妈妈的口唇有种菊花的味道，那时她患有很重的贫血，一直在吃中药。她的唇很干热，像外壳坚硬内瓤却很柔软的果子。

可是妈妈还是无法断定我的热度。她扶住我的头，轻轻地把她的额头与我的额头相贴。她的眼睛看定我的眼睛，因为距离太近，我看不到她全部的脸庞，只感到一片灼热的苍白。她的额头像碾子似的滚过，用每一寸肌肤感受我的温度，自言自语地说："这么烫，可别抽风……"

我终于知道了我的错误的严重性。

后来，弟弟妹妹也有过类似的情形。我默然不语，妈妈也不再提起，但体温表像树一样栽在我心中。

终于，我看到了许多许多支体温表。那一瞬，我脸上肯定写满贪婪。

我当了卫生兵，每天需给病人查体温。体温表插在盛满消毒液的盘子里，好像一位老人生日蛋糕上的银蜡烛。

多想拿走一支还给妈妈呀！可医院的体温表虽多，管理也很严格。纵使打碎了，原价赔偿，也得将那破损的"尸骸"附上，方予补发。我每天对着成堆的体温表处心积虑摩拳擦掌，就是无法搞到一支。

后来，我做了化验员，离体温表更遥远了，一天，部队军马所来求援，说军马们得了莫名其妙的怪症，他们的化验员恰好不在，希望给人看病的医生们伸出友谊之手。老化验员对我说："你去吧！都是高原上的性命，不容易，人兽同理。"

一匹砂红色的军马立在四根木柱内，马耳朵像竹笋般立着，双眼皮的大眼睛贮满泪水，好像随时会跌跪在地。我以为要从毛茸茸的马耳朵上抽血，颤颤巍巍不敢上前。

军医们从马静脉里抽出暗紫色的血。我认真检验，详细地写出报告。

我至今不知道那些马们得的是什么病，只知道我的化验结果对于它们的医治起了至关重要的作用。

兽医们很感激，说要送我两筒水果罐头作为酬劳。在维生素匮乏的高原，这不啻一粒金瓜子。我再三推辞，他们再三坚持。想起人兽同理，我说："那就送我一只体温表吧！"

他们慨然允诺。

春草绿的塑料外壳，粗细大小若小手电。玻璃棒如同一根透明铅笔，所有刻码都是洋红色的，极为清晰。

"准吗？"我问。毕竟这是兽用品。

"很准。"他们肯定地告诉我。

我珍爱地把它用手绢包起。本来想钉个小木匣，立时寄给妈妈，又恐关山重重雪路迢迢，在路上震断，毁了我的苦心。于是耐着性子等到了我作为一个士兵的第

吃烧饼的剑客

一次休假。

"妈妈,你看!"我高擎着那支体温表,好像它是透明的火炬。

那一刻,我还了一个愿。它像一只苍鹰,在我心中盘桓了十几年。

妈妈仔细端详着体温表说:"这上面的最高刻度可测到摄氏四十六度,要是人,恐怕早就不行了。"

我说:"只要准就行了呗!"

妈妈说:"有了它总比没有好。只是现在不很需要了,因为你们都已长大……"

牵手阅读

　　这是一个由体温表引发的故事,想不到吧,体温表这么不起眼的东西曾是那么稀缺,可你也知道,"妈妈"并不是心疼那只被打碎的温度计,而是担心孩子们生病了无法得知具体温度,耽误病情。用嘴唇和额头探测温度是妈妈着急中的无奈之举,妈妈软软的触碰和温热的爱,早已把作者的"黑洞"抚平。父母的爱有时不被理解,却永恒存在。

天使的呼吸

藏红花的故事

[日本]安房直子

这是初秋一个明朗的午后的故事。

原野上盛开着大波斯菊，四周洒满了金色的阳光。

一个小女孩在和妈妈玩抛球。

"对对，接得好，接得好！"

每当女儿接住红色的球，妈妈都会拍手。妈妈抛出的球，宛如和风一样温柔，轻轻地落在了女儿的手里。可是女儿不满足了，每当妈妈抛出这样温柔的球，她就会央求道：

"抛得再猛一些！像北风一样的球，像暴风雨一样的球。求你了，妈妈！"

于是，妈妈抛出的球渐渐地猛烈起来，渐渐地快起来，渐渐地高起来了。女儿甩动着头发，脸都红了，接了一个又一个。妈妈最后一个球，抛得又猛又远。

红球好像燕子一样，向远方飞去了。

"哇！"

女儿欢呼雀跃着去追球了。她咯咯地笑着，一直追了过去。可是球跳啊，跳啊，一直不停地向前滚去。它穿过树林，越过小河，爬上小山，又滚下去，滚啊滚啊，怎么也停不下来了。

"等等我！"女孩喊了起来。

"别追了，回来吧！"女孩听到妈妈在她身后叫她，可女孩装作没有听见，继续向前跑去。

我不要再当妈妈的小孩子了，我想去更广阔的地方！

女孩不停地跑着。很快，妈妈的呼喊声就变得像笛声一样了，和风声一起消失了。尽管如此，女孩还是不停地跑着。这时，她看见远处有一片淡紫色的花田和一座小房子。红球跳到那片花田里，总算是停了下来。女孩也跟着跳进了花田，像瘫倒似的坐了下来。她正喘着粗气，头顶上传来了这样一个声音：

"是谁？竟敢糟蹋我的花田？"

她吃惊地抬起头一看，原来面前站着一位穿着黑色长裙的老婆婆，老婆婆挎着一个大篮子。

"我的花全都被你给毁了！"

老婆婆说。

女孩不由得站起来，向后退去。

"你看，你看，又踩倒了一片不是？"

天使的呼吸

079

老婆婆扶起被女孩踩倒的花。那是一种淡紫色的花，形状像郁金香。女孩怀着一种奇妙的心情，看着花里那如同在燃烧着一般的红色雌蕊。

"这花叫藏红花，是我的宝贝花呀。"

老婆婆说。

"对不起。"女孩小声道歉道。

老婆婆笑了，说：

"你要是帮我摘花，我就原谅你。"

女孩乖乖地点点头。摘花还不容易，女孩打开自己的围裙，把藏红花放了进去。

"摘满你的围裙就行了。"

说罢，老婆婆自己也开始摘起花来了。老婆婆摘了一朵又一朵，扔进大篮子里。很快，老婆婆的篮子里就装满了紫色的花。女孩的围裙里，也装满了花。两个人你看看我，我看看你，笑了。

"摘这么多花干什么呢？"

"你猜接下来我要做什么？"

"噢，是做花束吧？"

"不对。"

"那就是做花环吧？"

"不对。"

老婆婆调皮地笑了，指着自己的家说：

"我要用它们来做更好的东西。你要去看看吗？"

女孩乖乖地点点头，跟在老婆婆的身后走去。

她本想看一眼就走。

看看老婆婆用藏红花做什么，然后就跑回家。

可是，一迈进老婆婆的家门，女孩就把前面的事情忘得干干净净了。因为老婆婆的家里太耀眼、太灿烂了。

屋子里，挂着和阳光一样的黄色窗帘。桌子上也铺着一样黄色的台布。那黄色比柠檬还要鲜艳，比蒲公英花还要灿烂。而且，比月光还要清澈。

"好漂亮啊！"

女孩在屋子里跑啊跳啊的，围裙里的藏红花纷纷掉了出来。老婆婆一边捡，一边说：

"你看，就是要多多地采集藏红花的红色雌蕊，晒干，然后再煮开，用它们的汁来染布，就能染出这样漂亮的黄色了。"

女孩眼睛都圆了。她觉得就像是在变魔术一样。

"红色的雌蕊会生出黄色来吗？也就是说，藏红花里头藏着黄色吧？"

"是的是的。"老婆婆满意地点点头。

天使的呼吸

"我的工作，就是在院子里种藏红花，然后采来它们的雌蕊，用来做黄色的窗帘、台布、衣服。"

"能做黄色的被子吗？"

"啊，当然可以了。"

"能做黄色的裙子吗？"

"啊，当然可以了。"

"可能做黄色的手帕吗？"

"啊，当然可以了。我做了好多这样的东西，拿去卖了呢。"

"去哪里卖？"

"离这里很远很远的东方。在地平线的那一头，有一个日出城，住在那里的人们都穿着和阳光一样颜色的衣服。"

日出城！

女孩的心中立刻就充满了憧憬。

"我也想去那里看看。"

于是，老婆婆就说：

"那你就当我的女儿吧，咱们一起去怎么样？我也正好一个人孤零零，好寂寞。"

女孩笑了，点点头。这不过是一个玩笑。老婆婆也像开玩笑似的笑了。然后，老婆婆又说：

"那么，咱们就来一起染布吧。我要给你做一条长长的黄发带。"

"真的吗？"

"当然是真的了。来，你来帮我一下，把雌蕊都装到这个袋子里。"

老婆婆把一个小白布袋放在了桌子上。女孩将围裙里的花，全都倒在了桌子上，然后把花里的红色雌蕊拔下来，放进袋子里。当袋子里装满了雌蕊，老婆婆便拉开窗帘，把那只布袋子挂在了窗框上，然后，便唱起了这样一首歌：

风呀风，原野的风，

快来，快来，快来吹，

把我的藏红花，快快吹干。

于是，窗外的花田里就涌起了波浪，起风了，装着藏红花的白口袋摇了起来。

紧接着，老婆婆开始准备染布了。只见她将水倒到一个大锅里，放到了炉子上，又看了看挂在窗户上的那个装着雌蕊的口袋，点点头：

"行了行了，已经干透了。"

天使的呼吸

083

她把袋子随手扔到了锅里。

不一会儿，锅里的水就变成了黄色。

"来，我给你做发带吧！"

老婆婆从兜里掏出一条长长的白布，轻轻地扔到了锅里。白布立刻就被染成了鲜艳的黄色。

老婆婆将水淋淋的黄发带挂到了窗子上，又唱起了歌：

风呀风，原野的风，

快来，快来，快来吹，

把黄发带快快吹干。

于是，风又穿过原野沙沙地吹了过来，摇动起黄发带，黄发带立刻就干了。

老婆婆还让女孩喝了茶、吃了糖果。糖果是像月亮一样圆的布丁。

老婆婆把用藏红花染的黄发带，轻轻地系在了女孩的头发上。

"哎呀，好可爱啊！这样，你就变成我的女儿了。心灵也好，身体也好，都会变得轻飘飘的。"

心灵和身体？啊，这么一说，女孩还真觉出来了。

从刚才吃布丁的时候起，女孩就觉得自己的身体好像飘飘悠悠地浮了起来似的。现在一系上黄发带，女孩更觉得快乐得不行了。

女孩唱起了歌，还随着歌声在屋子里跳了起来。她绕着大桌子转圈，还跑到窗边去摇动窗帘，她不停地蹦呀蹦呀，像个陀螺似的骨碌碌地转呀，转啊，跳个没完……不知不觉中，女孩变成了一只黄色的小鸟。

"太好了，太好了。"

老婆婆笑吟吟地伸出双手，轻轻抓住小鸟。然后，把黄色的小鸟放到了金鸟笼里，锁上了。

天相当黑了。

当秋风变得冷飕飕的时候，一个女人来到原野上那座孤零零的房子前面。

"有人吗？有人吗？"

女人用力地敲着门。门打开了一条细缝，一个穿着黑裙子的老婆婆的脸露了出来。

"有什么事吗？"

"有没有一个女孩来过这里？皮肤白白的女孩，头发有这么长，大大的眼睛……"

"呀，没有来过。"

老婆婆冷冷地摇了摇头，目光冰冷地说：

"我一直是一个人。既没有亲人，也没有朋友，连只老鼠都没有来过。"

"……"

女人也死死盯着老婆婆的眼睛，她心里在喊：你说谎！

她在说谎。她把我女儿藏起来了。因为她太可爱了，所以就把她给抢走了。因为我有证据……

妈妈刚才在花田里找到了红球。

那孩子是去追球的。既然球在这里，她就肯定来过这里了。

不过，这个妈妈可是一个聪明的妈妈。她可不想在这里和她吵架，她想，我要想办法进到屋子里，找到女儿，然后两个人一起逃掉才是上策。于是，她说：

"能不能让我歇一会儿。我到处找孩子，累死了。"

"行啊，请进屋吧。"

老婆婆点点头，把女人让进了屋里。

屋子里点着煤油灯。在煤油灯灯光的照射下，黄色的窗帘和黄色的台布看上去宛如梦境一般美丽。

"哎哟，您家里好漂亮呀！多么奇妙的黄色啊！"

老婆婆得意地点点头，说：

"是用院子里的藏红花染的，这是魔法的黄色。"

说着，她从兜里掏出一把剪刀，从窗帘的一角剪下一块小蝴蝶形状的布，然后放到手心里，轻轻一吹，你猜怎么样？布蝴蝶立刻变成了一只真蝴蝶，翩翩飞了起来。

"看哪，还有一只。"

老婆婆又剪下一片窗帘，又做了一只蝴蝶。

"还有一只，还有一只！"

小蝴蝶一只接一只地被剪了下来，老婆婆每吹一口气，就会有一只飞起来。无数的蝴蝶围着桌子飞了一会儿，就从窗口飞了出去，消失在藏红花田的远方了。

"这样的魔法，谁都能行吗？"

妈妈叹了一口气，问道。

"行。因为藏红花的黄色，是魔法的黄色。"

说罢，老婆婆就坐到旁边的椅子上，开始做起针线活来。

"我帮您做吧。"妈妈说，"我很会做针线活。让我用您染的黄布，做成各式各样的东西吧！"

"你不是要去找孩子吗？"

"天已经黑了，现在去找，也肯定找不到。今天晚上，就让我住在这里吧，明天再去找。"

一边说，妈妈一边悄悄地向屋角的鸟笼瞥了一眼。

黄色小鸟的目光和妈妈的目光相遇了，小鸟突然尖厉地叫了起来。妈妈担心起小鸟来，就问：

"这只小鸟也是用黄布做的吗？"

老婆婆摇摇头：

"那可是只真鸟呀，是用更好的魔法做的。"

这下妈妈明白了！

"那只小鸟也许就是我的女儿。"妈妈望着小鸟静静地点了点头。

老婆婆打开房间的橱柜，取出来一大块黄布。

"那么，你就用这块布给我多做一些手帕吧，针线和剪刀在这里。把这块布剪成一块块手帕那么大，再给我锁上漂亮的花边。"

妈妈点了点头。她就将黄布剪成一块块手帕的大小，然后，手在穿针引线，脑子却飞快地转了起来。

那只鸟笼上了锁。

真是的，一个金鸟笼还用荷包锁给锁上了！妈妈一边给手帕锁花边，一边想着怎样才能把小鸟从鸟笼里救出来。

如果能偷偷地把那个鸟笼弄坏就好了……

这时，妈妈想起了刚才老婆婆说过的一句话：

藏红花的黄色，是魔法的黄色。

妈妈在心里一遍又一遍地重复着这句话。当她的目光落到了刚缝了一半的黄手帕上时，她想，它们也许会成为魔法的手帕。如果真是那样，也许会听我的话。这时，妈妈的心中一下子亮了起来。妈妈想到了一个好主意，一个人笑了起来，连忙又锁起手帕的花边来了。妈妈一边用手缝着，一边唱起了摇篮曲。那是一首为了哄女儿睡觉，妈妈每天晚上都要唱的摇篮曲。一听到这首歌，女儿就会渐渐地合上眼皮，就不知不觉地睡着了。妈妈一遍又一遍地唱着那首歌。于是，鸟笼里的小鸟就站在栖木上，一动不动地睡着了。

那只小鸟肯定是我的女儿，能听懂我的歌呢！妈妈想。可是现在，妈妈想用这首摇篮曲哄另外一个人睡觉呢！她就是那个老婆婆——那个坐在屋角的摇椅上、膝上盖着黄布、出神发呆的人。妈妈继续深情地唱着摇篮曲。

听着听着，老婆婆开始打瞌睡了。老婆婆的摇椅和着摇篮曲的节奏，慢慢地摇着，当她膝上的那块黄布掉到地板上时，她已经在轻轻地打鼾了。妈妈静静地点点头，一边继续小声地唱着摇篮曲，一边锁好了所有手帕的花边。

这时，妈妈的神情突然变得严肃起来。只见她把手帕折呀折，卷呀卷，费了好大的劲儿，最后终于用手帕做成了一只老鼠。手帕老鼠又胖又圆，头上还有两只小小的耳朵。

"再给你缝两只小眼睛吧。"

妈妈又在针眼里穿上黑线，给黄色的老鼠缝上了两只圆眼睛。你猜怎么样？一缝上眼睛，老鼠便像活的一样了。一对小眼睛闪闪发亮，看上去就像是在思考着什么似的。

"藏红花的黄色，是魔法的黄色。"

妈妈嘀咕了一声。接着，朝那只黄色的老鼠吹了一口气。

于是，老鼠的耳朵动了一下，嘿，老鼠这不就活过来了吗？………妈妈来劲了，做了一只又一只新老鼠。黄色的手帕折呀折，卷呀卷……最后，再缝上黑色的眼睛，轻轻地吹上一口气……

新"出生"的老鼠可不会老老实实地待在那里，它们东窜西窜地在地板上跑开了。等凑够了十只老鼠，妈妈轻轻地吹了一声口哨，把老鼠们集中到了一个地方，用轻得几乎听不见的声音命令道：

"去咬那只鸟笼，悄悄地把它咬坏！"

于是，手帕老鼠们一齐朝屋角的柜子跑去。它们爬上柜子，开始咬起鸟笼来了。

那是一只金鸟笼，怎么咬都咬不坏。妈妈跑过去鼓励它们：

"你们可是魔法老鼠呀！加油，加油，魔法老鼠！"

老鼠们只要一动，挂在鸟笼门上的荷包锁就会哗啦哗啦地响，每次都把妈妈吓出一身冷汗。她不住地朝睡在摇椅上的老婆婆望去，然后，又跑到老婆婆的身边，轻声地哼唱一遍摇篮曲。

黄色的老鼠们还在不停地咬着鸟笼，可是鸟笼实在是太结实了，即使是魔法老鼠也不是那么容易就能咬开的。十只老鼠集中在鸟笼的一个地方，不停地咬着金笼子。妈妈祈祷似的看着它们。

屋角的小煤油灯微微地燃烧着。在灯光的照射下，黄色的台布变成了金色。

"咬累了吧？"

妈妈轻声地招呼着老鼠们。然后，从兜里掏出一块奶酪。

"来，吃吧！"

妈妈把奶酪掰成一个个小碎块，放到了桌子上。老鼠们爬上桌子，把奶酪吃了个一干二净。吃了奶酪的手帕老鼠，好像是胖了一点。太好了，太好了，妈妈想。

然后，她悄声对老鼠们说：

"去咬那只鸟笼。

不停地咬，把它咬破！"

老鼠们又开始咬起来。

夜深了。挂钟在滴答滴答地走着。

就这样，不知不觉天已经亮了，当屋子里快要亮起来的时候，鸟笼的金格子终于被咬断了，正好咬出了一个可以伸进一只人手的洞。里面的小鸟醒了，啾啾地叫着。妈妈朝鸟笼跑过去，这时老婆婆也醒了，从椅子上站起身来。

"你在干什么？"

老婆婆大声地叫着。就在这时，妈妈已经把右手伸进了鸟笼，抓住小鸟，飞快地揣到了衬衫的怀里。然后，她推开屋门，光着脚跑到了外面。

老婆婆乱嚷乱叫地追了出来，可是，妈妈已经跑到了藏红花的花田里。藏红花被黎明的风吹得沙沙地摇曳，还齐声唱起了歌：

> 跑呀！向东，向东，跑呀！
> 一直跑到日出。

妈妈跑呀跑，一直朝前跑去。实际上，她根本就分不清哪边是东，哪边是西了，只是在原野上一直朝前跑去。

她知道老婆婆从后面追上来了，可是她不敢回头。

妈妈怀里的小鸟温暖极了。妈妈还在不停地跑着，妈妈的心脏都快要裂开了。清晨的露水打湿了她的脚，当她翻过一座山，又爬上一座新的山时，远处的地平线像火一样燃烧起来了，很快，妈妈就被美丽的金光照亮了。远远地，有数不清的人穿着耀眼的黄衣衫，展开宽大的袖子，就如同一面长长的墙一样，渐渐地走了过来。他们似乎还哼唱着什么。

妈妈睁大了眼睛，想好好看看那些人，可是太晃眼了，看着看着，就不得不闭上了眼睛。就这样，妈妈用双手护着怀里的小鸟，倒在了地上。

那些穿着黄衣衫的人围住了妈妈。他们蹲在妈妈身边，不断地向她吹气。还有人脱下一件黄衣衫，盖到了妈妈的身上。虽然失去了意识，但妈妈还恍惚知道这些。

啊，我也许会死掉，妈妈想，可我总算是救出了女儿。这回她只觉眼里金光四射，彻底昏了过去。

当妈妈醒过来的时候，她发现自己倒在了草地上，身边是小小的女儿，她已经恢复了人的形状，也倒在那

天使的呼吸

吃烧饼的剑客

里。女儿脸蛋儿红红的，静静地呼吸着。她的头发上，有一条松开来的黄发带轻轻地飘动着。

太阳已经升得老高，四周一个人也没有。

（彭懿　译）

牵手阅读

　　安房直子曾说，她的心中有一片"童话森林"，"不知是什么原因，住在里头的，几乎都是孤独、纯洁、笨手笨脚而又不善于处世的东西。我经常会领一个出来，作为现在要写的作品的主人公"。故事中的老婆婆何尝不是这样一个人呢？她的房间是明亮美丽的，但她的生活却被黑色笼罩着，或许对她来说，小女孩的出现是打破这种黑暗的唯一机会。但爱不是禁锢，也无法在谎言中存活。孤独的老婆婆想把女孩儿留在自己身边为自己带来幸福，却忽略了女孩儿的感受。妈妈营救女孩儿的过程真是太惊险刺激了，但你有没有想过，把希望完全寄托在妈妈或者其他的亲人身上其实并不可靠，我们还是得在日常生活中提高警惕，不能被老婆婆那样的人骗走啊！

稻草人

叶圣陶

田野里白天的风景和情形，有诗人把它写成美妙的诗，有画家把它画成生动的画。到了夜间，诗人喝了酒，有些醉了；画家呢，正在抱着精致的乐器低低地唱。他们都没有工夫到田野里来。那么，还有谁把田野里夜间的风景和情形告诉人们呢？有，还有，就是稻草人。

基督教里的人说，人是上帝亲手造的。且不问这句话对不对，咱们可以套一句说，稻草人是农人亲手造的。他的骨架子是竹园里的细竹枝，他的肌肉、皮肤是隔年的黄稻草。破竹篮子、残荷叶都可以做他的帽子：帽子下面的脸平平板板的，分不清哪里是鼻子，哪里是眼睛。他的手没有手指，却拿着一把破扇子——其实也不能算拿，不过用线拴住扇柄，挂在手上罢了。他的骨架子长得很，脚底下还有一段，农人把这一段插在田地中间的泥土里，他就整天整夜站在那里了。

稻草人非常尽责任。要是拿牛跟他比，牛比他懒怠多了，有时躺往地上，抬起头看天。要是拿狗跟他比，狗比他顽皮多了，有时到处乱跑，累得主人四外去找寻。他从来不嫌烦，像牛那样躺着看天；也从来不贪玩，像狗那样到处乱跑。他安安静静地看着田地，手里的扇子轻轻摇动，赶走那些飞来的小雀，他们是来吃新结的稻穗的。他不吃饭，也不睡觉，就是坐下歇一歇也不肯，总是直挺挺地站在那里。

这是当然的，田野里夜间的风景和情形，只有稻草人知道得最清楚，也知道得最多。他知道露水怎么样凝在草叶上，露水的味道怎么样香甜；他知道星星怎么样眨眼，月亮怎么样笑；他知道夜间的田野怎么样沉静，花草树木怎么样酣睡；他知道小虫们怎么样你找我、我找你，蝴蝶们怎么样恋爱：总之，夜间的一切他都知道得清清楚楚。

以下就讲讲稻草人在夜间遇见的几件事儿。

一个满天星斗的夜里，他看守着田地，手里的扇子轻轻摇动。新出的稻穗一个挨一个，星光射在上面，有些发亮，像顶着一层水珠；有一点儿风，就哗啦哗啦地响。稻草人看着，心里很高兴。他想，今年的收成一定可以使他的主人——一位可怜的老太太——笑一笑了。她以前哪里笑过呢？八九年前，她的丈夫死了。她想起来就哭，眼睛到现在还红着；而且成了毛病，动不动就流泪。她只有一个儿子，娘儿两个费苦力种这块田，足足有三年，才勉强把她丈夫的丧葬费还清。没想到儿子紧接着得了白喉，也死了。她当时昏过去了，后来就落了个心痛的毛病，常常犯。这回只剩她一个人了，老了，没有气力，还得用力耕种，又挨了三年，总算把儿子的丧葬费也还清了。可是接着两年闹水灾，稻子都淹了，不是烂了就是发了芽。她的眼泪流得更多了，眼睛受了伤，看东西模糊，稍微远一点儿就看不见。她的脸上满是皱纹，倒像个风干的橘子，哪里会露出笑容来呢！可是今年的稻子长得好，很壮实，雨水又不多，像是能丰收似的。所以稻草人替她高兴：想到收割的那一天，她看见收下的稻穗又大又饱满，这都是她自己的，总算没有白受累，脸上的皱纹一定会散开，露出安慰的满意的笑容吧。如果真有这一笑，在稻草人看来，那就比星星月亮的笑更可爱，更可珍贵，因为他爱他的主人。

稻草人正在想的时候，一个小蛾飞来，是灰褐色的小蛾。他立刻认出那小蛾是稻子的仇敌，也就是主人的仇敌。从他的职务想，从他对主人的感情想，都必须把那小蛾赶跑了才是。于是他手里的扇子摇动起来。可是扇子的风很有限，不能够让小蛾害怕。那小蛾飞了一会

天使的呼吸

儿，落在一片稻叶上，简直像不觉得稻草人在那里驱逐他似的。稻草人见小蛾落下了，心里非常着急。可是他的身子跟树木一样，定在泥土里，想往前移动半步也做不到；扇子尽管摇动，那小蛾却依旧稳稳地歇着。他想到将来田里的情形，想到主人的眼泪和干瘪的脸，又想到主人的命运，心里就像刀割一样。但是那小蛾是歇定了，不管怎么赶，他就是不动。

星星结队归去，一切夜景都隐没的时候，那小蛾才飞走了。稻草人仔细看那片稻叶，果然，叶尖卷起来了，上面留着好些小蛾下的子。这使稻草人感到无限惊恐，心想祸事真个来了，越怕越躲不过。可怜的主人，她有的不过是两只模糊的眼睛；要告诉她，使她及早看见小蛾下的子，才有挽救呢。他这么想着，扇子摇得更勤了。扇子常常碰在身体上，发出啪啪的声音。他不会叫喊，这是唯一的警告主人的法子了。

老妇人到田里来了。她弯着腰，看看田里的水正合适，不必再从河里车水进来。又看看她手种的稻子，全很壮实；摸摸稻穗，沉甸甸的。再看看那稻草人，帽子依旧戴得很正；扇子依旧拿在手里，摇动着，发出啪啪的声音；并且依旧站得很好，直挺挺的，位置没有动，样子也跟以前一模一样。她看一切事情都很好，就走上岸，预备回家去搓草绳。

稻草人看见主人就要走了，急得不得了，连忙摇动扇子，想靠着这急迫的声音把主人留住。这声音里仿佛说："我的主人，你不要去呀！你不要以为田里的一切事情都很好，天大的祸事已经在田里留下根苗了。一旦发作起来，就要不可收拾，那时候，你就要流干了眼泪，揉碎了心；趁着现在赶早扑灭，还来得及。这儿，就在这一棵上，你看这棵稻子的叶尖呀！"他靠着扇子的声音反复地警告；可是老妇人哪里懂得，一步一步地走远了。他急得要命，还在使动摇动扇子，直到主人的背影都望不见了，他才知道警告是无效了。

除了稻草人以外，没有一个人为稻子发愁。他恨不得一下子跳过去，把那灾害的根苗扑灭了；又恨不得托风带个信，叫主人快快来铲除灾害。他的身体本来很瘦弱，现在怀着愁闷，更显得憔悴了，连站直的劲儿也不再有，只是斜着肩，弯着腰，好像害了病似的。

不到几天，在稻田里，蛾下的子变成的肉虫，到处都是了。夜深人静的时候，稻草人听见他们咬嚼稻叶的声音，也看见他们越吃越馋的嘴脸。渐渐地，一大片浓绿的稻全不见了，只剩下光秆儿。他痛心，不忍再看，想到主人今年的辛苦又只能换来眼泪和叹气，禁不住低头哭了。

这时候天气很凉了，又是在夜间的田野里，冷风吹得稻草人直打哆嗦；只因为他正在哭，没觉得。忽然传来一个女人的声音："我当是谁呢，原来是你。"他吃了一惊，才觉得身上非常冷。但是有什么法子呢？他为了尽责任，而且行动不由自主，虽然冷，也只好站在那里。他看那个女人，原来是一个渔妇。田地的前面是一条河，那渔妇的船就停在河边，舱里露出一丝微弱的火光。她那时正在把撑起的鱼罾放到河底；鱼罾沉下去，她坐在岸上，等过一会儿把它拉起来。

舱里时常传出小孩子咳嗽的声音，又时常传出困乏的、细微的叫妈的声音。这使她很焦心，她用力拉罾，总像很不顺手，并且几乎回回是空的。舱里的孩子还在咳嗽还在喊，她就向舱里说："你好好儿睡吧！等我得着鱼，明天给你煮粥吃。你老是叫我，叫得我心都乱了，怎么能得着鱼呢！"

孩子忍不住，还是喊："妈呀，把我渴坏了！给我点儿茶喝！"接着又是一阵咳嗽。

"这里哪来的茶！你老实一会儿吧，我的祖宗！"

"我渴死了！"孩子竟大声哭起来。在空旷的夜间的田野里，这哭声显得格外凄惨。

渔妇无可奈何，放下拉罾的绳子，上了船，进了舱，拿起一个碗，从河里舀了一碗水，转身给孩子喝。孩子一口气把水喝下去，他实在渴极了。可是碗刚放下，他又咳嗽起来，而且更厉害了，后来就只剩下喘气。

　　渔妇不能多管孩子，又去拉她的罾。好久好久，舱里没有声音了，她的罾也不知又空了几回，才得着一条鲫鱼，有七八寸长。这是头一次收获，她很小心地把鱼从罾里取出来，放在一个木桶里，接着又把罾放下去。这个盛鱼的木桶就在稻草人的脚旁边。

　　这时候稻草人更加伤心了。他可怜那个病孩子，渴到那样，想一口茶喝都办不到；病到那样，还不能跟母亲一起睡觉。他又可怜那个渔妇，在这寒冷的深夜里打算明天的粥，所以不得不硬着心肠把生病的孩子扔下不管。他恨不得自己去做柴，给孩子煮茶喝；恨不得自己去做被褥，给孩子一些温暖；又恨不得夺下小肉虫的赃物，给渔妇煮粥吃。如果他能走，他一定立刻照着他的心愿做；但是不幸，他的身体跟树木一个样，定在泥土里，连半步也不能动。他没有法子，越想越伤心，哭得更痛心了。忽然啪的一声，他吓了一跳，停住哭，看出了什么事情，原来是鲫鱼被扔在木桶里。

　　木桶里的水很少，鲫鱼躺在桶底上，只有靠下的一面能够沾一些潮润。鲫鱼很难受，想逃开，就用力向上跳。跳了好几回，都被高高的桶框挡住，依旧掉在桶底上，身体摔得很疼。鲫鱼的向上的一只眼睛看见稻草人，就哀求说："我的朋友，你暂且放下手里的扇子，救救我吧！我离开我的水里的家，就只有死了。好心的朋友，救救我吧！"

听见鲫鱼这样恳切的哀求，稻草人非常心酸，但是他只能用力摇动自己的头。他的意思是说："请你原谅我，我是个柔弱无能的人哪！我的心不但愿意救你，并且愿意救那个捕你的妇人和她的孩子，除了你、渔妇和孩子，还有一切受苦受难的。可是我跟树木一样，定在泥土里，连半步也不能自由移动，我怎么能照我的心愿去做呢！请你原谅我，我是个柔弱无能的人哪！"

鲫鱼不懂稻草人的意思，只看见他连连摇头，愤怒就像火一般地烧起来了。"这又是什么难事！你竟没有一点儿人心，只是摇头！原来我错了，自己的困难，为什么求别人呢！我应该自己干，想法子，不成，也不过一死罢了，这又算得了什么！"鲫鱼大声喊着，又用力向上跳，这回用了十二分力，连尾巴和胸鳍的尖端都挺了起来。

稻草人见鲫鱼误解了他的意思，又没有方法向鲫鱼说明，心里很悲痛，就一面叹气一面哭。过了一会儿，他抬头看看，渔妇睡着了，一只手还拿着拉罾的绳。这是因为她太累了，虽然想着明天的粥，也终于支持不住了。桶里的鲫鱼呢？跳跃的声音听不见了，尾巴好像还在断断续续地拨动。稻草人想，这一夜是许多痛心的事都凑在一块儿了，真是个悲哀的夜！可是看那些吃稻叶的小强盗，他们高兴得很，吃饱了，正在光秆儿上跳舞呢。稻子的收成算完了，主人的衰老的力量又白费了，世界上还有比这更可怜的吗！

　　夜更暗了，连星星都显得无光。稻草人忽然觉得由侧面田岸上走来一个黑影，近了，仔细一看，原来是个女人，穿着肥大的短袄，头发很乱。她站住，望望停在河边的渔船；一转身，向着河岸走去；没走几步，又直挺挺地站在那里。稻草人觉得很奇怪，就留心看着她。

　　一种非常悲伤的声音从她的嘴里发出来，微弱，断断续续，只有听惯了夜间一切细小声音的稻草人才听得出。那声音说："我不是一头牛，也不是一口猪，怎么能让你随便卖给人家！我要跑，不能等着明天真个被你卖给人家。你有一点儿钱，不是赌两场输了就是喝几天黄汤花了，管什么用！你为什么一定要逼我？……只有死，除了死没有别的路！死了，到地下找我的孩子去

天使的呼吸

103

吧!"这些话又哪里成话呢,哭得抽抽搭搭的,声音都被搅乱了。

稻草人非常心惊,又是一件惨痛的事情让他遇见了。她要寻死呢!他着急,想救她,自己也不知道为什么。他又摇起扇子来,想叫醒那个沉睡的渔妇。但是办不到,那渔妇睡得跟死了似的,一动也不动。他恨自己,不该像树木一样定在泥土里,连半步也不能动。见死不救不是罪恶吗?自己就正在犯着这种罪恶。这真是比死还难受的痛苦啊!"天哪,快亮吧!农人们快起来吧!鸟儿快飞去报信吧!风快吹散她寻死的念头吧!"他这样默默地祈祷;可是四围还是黑洞洞的,也没有一丝儿声音。他心碎了,怕看又不能不看,就胆怯地死盯着站在河边的黑影。

那女人沉默着站了一会儿,身子往前探了几探。稻草人知道可怕的时候到了,手里的扇子拍得更响。可是她并没跳,又直挺挺地站在那里。

又过了好大一会儿,她忽然举起胳膊,身体像倒下一样,向河里窜去。稻草人看见这样,没等到听见她掉在水里的声音,就昏过去了。

第二天早晨,农人从河岸经过,发现河里有死尸,消息立刻传出去。附近的男男女女都跑来看。嘈杂的人声惊醒了酣睡的渔妇，她看那木桶里的鲫鱼，已经僵死了。她提了木桶走回船舱，生病的孩子醒了，脸显得更瘦了，咳嗽也更加厉害。那老农妇也随着大家到河边来看，走过自己的稻田，顺便看了一眼。没想到才几天工夫，完了，稻叶稻穗都没有了，只留下直僵僵的光秆儿。她急得跺脚、捶胸、放声大哭。大家跑过来问她劝她，看见稻草人倒在田地中间。

牵手阅读

稻草人站在田野里，目睹着人世间的不幸，但却无能为力。而这正是作者的真实写照，始终牵挂着处于水深火热之中的不幸的人们，尤其是作为弱势群体的妇女和孩子，对"无穷的远方，无数的人们"饱含人道主义的关怀。在那个令人绝望的社会里，稻草人负载着人们的信仰与希望，它对大众深切的同情和怜悯，也传达出一种悲天悯人的大爱。

天使的呼吸

蓝鲸的眼睛

冰 波

橙色的月亮上偶尔拂过丝丝云缕，宁静而端庄；黑蓝的夜空钉满了星星，深远而冰冷。深蓝的大海，缓缓地起伏，透着呼吸。

仿佛一块平滑的礁石，海面上露出了它的背脊。这背脊呈蓝灰色，布满了白色的斑点，泛着深邃的光。这背脊，竟然如此像这星空！

它，就是巨大的蓝鲸。

蓝鲸在看月亮。它浮在海面上，一动不动，像一个孤独的小岛。与它的身体相比，它的眼睛显得太小了。它们深深嵌在肉里，忽闪着幽幽的蓝光，像在狡黠地沉思。没有谁比蓝鲸更爱自己的眼睛了。蓝鲸的一生，始终孜孜不倦地调理它的眼睛，用海水滋润洗刷眼睛，让眼睛常常沐浴在橙色的月光和银色的星光里。它还特别爱吃那些发光的浮游生物，为了让双眼获得纯净的蓝光。

纯净的蓝光，是那么的神秘、幽远，因为，它是灵魂的光。

它的眼睛，充满了对月光和星光的饥渴。

一个女孩坐在海边一块高高的礁石上，仰头望着夜空。

月儿昏昏，星儿朦胧。夜空仿佛裹着浓雾，大海一片茫然。

女孩睁大眼睛。她的眼睛非常美丽。然而，那是一双患了病的眼睛，视力一天天在减弱。各种药都医不了，所有的医生都叹息着摇头。

这个世界的光亮和色彩，在她眼里，一天比一天模糊。最后，她将投入永远的黑暗中。"我还小啊……"女孩嘴唇颤抖着，睫毛上闪着泪珠。那泪珠，比她的瞳仁更晶莹。

"到海边去吧，听着浪声看看海。以后，你听到浪声，就像看见了海。"

爷爷是这么对她说的。爷爷是村里最有威望的老渔民，咸味的海水浸了他一辈子，腥味的海风吹了他一辈子。现在，他的浑身骨头都锈了，不能出海了。

女孩虔诚地望着黑茫茫的大海。

"大海啊，给我的眼睛一点光明吧……"

远远地，传来一声低沉的螺号。

朦胧中，看见一条帆船出海了。

怎么夜里出海呢？女孩想。

模糊的船影里，亮着一盏蓝色的灯。

怎么是一盏蓝色的灯呢？女孩想。

蓝灯晃悠着，慢慢消失了，仿佛到另一个世界去了。

海风推着帆船，悄悄地向前驶去。船上，坐着一个年轻的渔民。

他手里紧紧握着那杆矛，矛尖上带着倒钩，发出白森森的光，冷冷的，像鲨鱼的牙齿。

桅杆上那盏蓝色的灯，发出鬼鬼祟祟的、捉摸不定的蓝光，映在他紫红色的脸上，变成了青绿色。他心里很紧张。为了一个让人心慌意乱、耳热心跳的秘密，他要去冒犯大海。

那双眼睛是多么美啊。我就干这一次。他望着桅杆上那盏蓝灯。它那冷冷的光，使人害怕，又令人兴奋。他觉得口渴。

就在这里等它吧。船停住了。那帆一收下来，桅杆上的蓝灯马上显得瘦了。

月亮从云堆里钻了出来。

"啊，蓝色的月亮！"年轻人禁不住轻声惊叫。

他出了一身冷汗。再看天上，那蓝色的月亮却不见了。

橙色的月亮空空地悬着，仿佛会掉下来。

年轻人心跳得厉害，直想呕吐。就这一次，就这一次……

蓝鲸久久地凝视着月亮和星星。柔和的月光流进了它幽幽的蓝眼睛，活泼的星光跳进了它幽幽的蓝眼睛。

蓝鲸自己也不明白，它生活在大海，心灵却仿佛是属于星空的。

突然，蓝鲸的双眼感受到一阵灼热。

远远的海面上，竟浮着一点蓝光！

月亮和星星霎时失去了颜色。它的心被那一点海面上从不出现的蓝光勾去了。它的呼吸急促起来，神不守舍地向蓝光游去。

那里，仿佛有个灵魂在向它呼唤。

来了，来了，就像一个漂浮的岛屿。

年轻人全身紧张，全神贯注地注视着海面，握钩矛的手微微颤抖。

它停下了，靠得那么近。它的宽大的嘴就伸在船底下。

它似乎已停止了呼吸，纹丝不动地用它的双眼啜饮桅杆上蓝灯的光流。除此之外，仿佛一切都不存在了。

年轻人注视着它的眼睛，那里是两朵蓝火，正陶醉

天使的呼吸

地跳着舞。

就是它们，我只要其中之一。

年轻人又想起那双美丽而又迷惘的眼睛。

年轻人决断地举起钩矛。一道寒冷的白光像一支闪电，射向蓝鲸的眼睛。

蓝鲸发出一声短促的、痛苦的叫喊，惊呆了。剧痛使它猛然地回到了现实里。它看见了钩矛上拖着的麻绳正像蛇一样疯狂地扭动。惊愕、痛苦、愤怒涌上了蓝鲸的心，但最厉害的是绝望。

——我的眼睛！

蓝鲸一头潜下水去。海面上发出一声巨大的轰响。一个岛屿轰然沉没了。接着，旋涡中又翘起了蓝鲸的尾巴，像一面复仇的大旗，像一只愤怒的巨掌。帆船，遭到了沉重的一击。

又是轰然一声，水面上零落地漂起帆船的碎片。

年轻人始终抱着那断裂的桅杆。桅杆上，捆着牵住钩矛的麻绳。

我只要那只蓝眼睛！年轻人开始收回那长长的麻绳，可是他只收回来一截空绳，系着矛的那一头，早在一声巨响中断开了。

我的钩矛呢？那上面有我要的蓝眼睛！

蓝鲸拼命下潜。麻绳在它突然下潜时被挣断了，钩矛从它的眼睛里脱出，摇摇晃晃地沉向海底。可那是带倒钩的矛啊，钩矛脱出时，那无情的倒钩把它的整只眼睛钩了出来。眼睛离开了它深幽的眼眶。

　　蓝鲸只是拼命下潜。

　　它失去了一只比生命更宝贵的眼睛。巨大的绝望把它埋葬了。它只有下潜。

　　海的深处是一片漆黑。有一点孤独的蓝光在下沉。

　　与此同时，另一点蓝光却在上升。它穿越云雾般缭绕的血水，向上浮着，浮着。暗淡的蓝光恍恍惚惚。

　　夜深了。黑压压的海面上，浮动着一团幽幽的蓝光，像一个茫然的幽灵。

　　这茫然的幽灵随波逐流，哪里是归宿？

　　女孩还坐在那块高高的礁石上。

　　大海更黑了。

　　她有点心神不宁。怎么会有人点着蓝灯在夜里出海？爷爷说过，出海的人是最忌用蓝灯的。蓝光是鬼光，会带来厄运。有人说，鬼魂的眼睛会发出蓝光。那么，鬼魂的眼睛一定很好吧，不像我这样……

　　月昏昏，星朦胧。浓雾般的世界里，跳出了一团带一圈晕的蓝光。

天使的呼吸

女孩看见了它。它在海面上，正向她漂来。是那帆船回来了吗？

　　当女孩盯着它看的时候，那蓝光像泉水一样，流进了她的眼睛，凉丝丝的感觉在体内渗透开来。

　　看着那团带晕的蓝光，女孩的眼睛奇怪地清爽起来。光团上的蓝晕竟很快地消退，只剩下纯净透明的蓝光。

　　她的心剧烈地跳着。

　　蓝光越漂越近，海浪摇得它乱晃。女孩跳进海里，向它游去。

　　她终于抱住了它。这是一个冰凉、光洁、半透明的水晶球，它正发出淡淡的、令人迷惑的蓝色光芒。

　　女孩在抱住它的一瞬间，眼睛忽地一下亮了。月儿不再昏昏，星儿不再朦胧。眼睛所能看到的一切，全是清晰的，就仿佛让这水晶球的蓝光洗过了一般。

　　女孩抱着它，上了岸。这奇异的水晶球，不轻不重，不软不硬。抱着它，女孩奇怪地感到，它又像要沉重地落下地，又像要轻盈地飞上天。

　　啊，这是一颗海浪孕育的珍珠吗？女孩想。

　　一片平静的大海，拂着温柔的波浪，波浪上躺着一个蓝色的月亮，慢慢摇，轻轻晃……

　　这是女孩心灵深处的大海。

年轻人抱着那段断了的桅杆，拼命地游着。系在桅杆上的那段空落落的麻绳，在后面颓丧地拖得老长老长。

海水冷得刺骨。年轻人又渴又饿又冷，双腿划得有点僵硬了。

我怕游不到岸边了。

天上的月亮悠闲地穿行在淡云中，显得异常轻盈。

如果月亮掉到海里，一定会毫不费力地浮在水面上的吧？它不用游，只要浮着就行。多好啊！

星星在闪烁。

那双美丽的大眼睛，现在一定安然地闭上了吧？要是我得到了那只蓝眼睛的话，那双大眼睛会更美的。

可是，海水好像更冷了。海水你可别冻住啊……

女孩抱着水晶球，推醒了爷爷。

爷爷满脸的皱纹抽动了一阵，昏花的眼睛突然放出异样的神采。

"这是蓝鲸的眼睛啊！"

"啊？"

女孩一下子恍惚起来，她仿佛被推进了一个古老、离奇、神秘的幽谷里。

蓝鲸的眼睛，蓝鲸的眼睛……它应该是比梦更虚幻的梦啊。

天使的呼吸

爷爷开始抽那一袋烟。

"蓝鲸是大海中的巨龙,是大海的灵魂。它是我们渔民的神啊。它从来不作恶,只吃海面上闪闪烁烁的星星。

"它爱它的眼睛。因为它的心灵就在眼睛里。每天,它都用月亮的光、星星的光洗眼睛。天天这样洗,它眼里的污浊被一点点洗去了。

"什么是眼睛里的污浊呢?那就是世界上被看进眼睛里去的邪恶。蓝鲸的眼睛是容不得污浊的。污浊越洗越少,它的眼睛会越来越蓝。当它的眼睛没有了一点污浊,那时,它的灵魂就会升到天上了。

"每个渔民都知道,得到了蓝鲸的眼睛,就是得到了光明。有了它,瞎眼能重见亮光,亮眼能更炯炯有神。最珍奇的是,它能使人的眼睛变得越来越美,永不衰老。

"千百年来,多少人想得到蓝鲸的眼睛啊。可是,所有的人都失败了。因为,只有把蓝鲸弄死,才能得到它的眼睛。可是,死去的蓝鲸眼睛就不再发光了,因为眼睛也跟着死了。只有活蓝鲸的眼才有神效。可是,谁也得不到活的蓝鲸眼。人在它面前,只是一只蚂蚁,能够远远地对它的蓝眼睛看上一眼,就算幸运了。

"可……可是,这真是千古罕见的奇迹啊。这只蓝鲸的眼睛,它怎么亮着蓝光?这么说,那蓝鲸还活着!

"蓝鲸的眼睛是最有灵性的，它怎么会来到你的怀里呢？是因为你天天在海边看月亮，看星星，像蓝鲸一样？是因为你也爱着自己的眼睛，像蓝鲸一样？

"你要好好对待它，要让它活着。每天带它去看月亮和星星，让大海的腥风吹它。它已经洗涤得这样蓝了，真是不容易啊……

"可是，蓝鲸啊蓝鲸，你的眼睛怎么会掉下来呢？"

爷爷满脸的皱纹里透出了严峻，双眼深邃得像星空。

女孩痴迷地望着远方，心灵深处的那片大海更温柔了。

蓝鲸的眼睛，发出柔和而迷幻的蓝光。

年轻人机械地划动着双腿。他时沉时浮，衰弱得像一根稻草。

我做了蠢事吗？难道那双美丽的眼睛不该更美丽吗？

月亮，你告诉我，不要像那双眼睛一样，只是默默地看着我……

前面出现了黑沉沉的海岸。

海岸，你多像魔鬼的额头。不过我已从你的脚边爬到你的额了。

年轻人的脚触到了沙滩。他倒在沙滩上，像一段颓然的朽木。

天使的呼吸

远远地，似乎有一阵悠长而悲凉的歌，从海面上飘来。

一个蓝色的月亮，一双美丽的黑眼睛。可是，却都那么朦胧。

"啊，爷爷，他醒啦！"一个遥远的声音。

"年轻人，说吧。"爷爷的声音平静而威严。

一道蓝色的闪电直刺年轻人的眼睛，他打了一个寒噤。

"蓝鲸的眼睛！天啊！"他失声叫着。

女孩看着他。

这是原来的那双眼睛吗？美得他不敢看。看着这双美丽的眼睛，他觉得自己正在变成干瘪的苹果。

"年轻人，说吧。"爷爷说。

"我……我用钩矛扎了蓝鲸的眼睛……"

沉默。天阴了。窗格里，吹进来一阵腥味的风。

海面上，飘来一阵悠长而悲凉的歌。

"这是蓝鲸在哭。"爷爷说。他的双眼深邃得像星空。

女孩心灵里那片温柔的海，正在倾斜。

年轻人昏昏地睡着了。

蓝鲸在漆黑的深海里待了很久。

漆黑中，朦胧地亮着一点蓝光。它比以前暗淡了很多，而且再也不会跃跃跳动了。多少年来它孜孜地啜饮月光和星光，都白费了。

它的伤口不再流血，疼痛已变得麻木。左眼，只剩下一个黑洞。

一种恶毒之情，从深深的海底升上来，渗透进它的身体，在它的心里熊熊燃烧起来。它开始迅速上浮。

当它浮上海面时，长夜已经过去。阳光刺眼地照耀着。

远处，浮着点点白帆。在它看来，这些白帆是海上的点点霉斑。

蓝鲸迅速向这些白帆游去。一路上，它唱起了悠长而悲凉的歌。

女孩抱着蓝鲸的眼睛，坐在那块高高的礁石上。

蒙在她眼睛上的那层浓雾被撕开了，世界变得多么美好。

蓝天、阳光、飞鸟、大海、白浪……

透明的腥风吹着她怀里的蓝色鲸眼。她心灵深处的那片海，波浪更轻更柔了。

"蓝鲸啊，我在这里等着，你不来找你的眼睛吗？"

恐怖，旋风般地席卷了整个渔村。

渔村里所有出海的渔船，无一例外地倾覆在大海里。

从海里逃生的渔民们惊慌地来找爷爷。

"我们先是听到一头蓝鲸在远远的地方叫，好像叫得很冤。后来，看见它一边叫一边飞快地向我们的船队游来。我们都没在意，蓝鲸是从不作恶的。当它游近时，浪涌得特别大，所有的船都乱摇起来。

"突然，它的头钻下了水，尾巴翘起，向我们的船拍过来。它每拍一下，就有一条船被拍成了碎片。我们还没有明白过来，所有的船都已被打碎了，我们全都掉进了海里。

"大家惊慌地抱住断桅残片，拼命往回游。它没有追来，只是停在那里，一动不动地看着我们，一声声叫着，叫声又闷又长。

"大家拼命地游啊，游啊，都在心里叫：老天保佑，千万别让我们遇上鲨鱼！遇上鲨鱼，谁也回不来了。

"可是，最怕的事情偏偏出现了。西边，海面上露出了好几把黑黑的刀，向我们飞速地劈过来。那是鲨鱼的背鳍啊！我们遇上鲨鱼群了。大家的心都冰凉了，连叫喊的力气都没有，只有等死了。

"鲨鱼快要靠近我们的时候，海水翻腾起来，冲起一丈多高的浪。突然，后面的那头蓝鲸冲上来了。快赶上我们的时候，它一个转弯，向鲨鱼群猛冲过去。鲨鱼一下子被冲散，都惊慌地逃走了。

"大家松了口气，又拼命游。回头看，那蓝鲸在我们后面慢慢跟着。这回看清了，它是头独眼蓝鲸，一只眼碧蓝，另一只是个空洞。

"后来它一直跟在后面，大概是怕鲨鱼再来吃我们。

"我们终于都游到了岸边，一个人也没淹死，大幸啊。

"可是真怪，这蓝鲸大概疯了，又要害我们，又要救我们………"

沉默了。

爷爷吧嗒吧嗒地抽着烟，一声不响地听完了。他沉重地说：

"这独眼蓝鲸，它在报复。明天再派一条船出海吧，试试它还会不会再来。渔民，总得出海啊。"

海面上，那一声声悠长而悲凉的歌，又传来了。

"就是它。它又在哭了。"爷爷说着，向那个用钩矛扎蓝鲸的年轻人看了一眼。

年轻人感到这目光像一把刀子，直扎他的心。他的精神崩溃了。

"是我，是我啊！我用钩矛扎了它的眼睛！"

年轻人大叫着，扯着自己的头发，痛悔地失声大哭。

没有一个人作响，都望着慢慢灰暗下来的天空。

女孩抱着蓝鲸的眼睛，坐在高高的礁石上。她迎来初升的月亮，看着第一颗星星在天空出现。

"看看吧，这是月亮，这是星星……"女孩轻轻对蓝鲸的眼睛说。

蓝鲸眼睛里的蓝光，旋转起来了。蓝光里，闪出了星星和月亮，闪出了海水里跳跃的光影，闪出了浮游着的绿光和斑斓的鱼……

女孩把它高高地举向头顶。

"蓝鲸阿蓝鲸，你来吧，你的眼睛在这里。我把它还给你……"

远远望去，仿佛女孩捧着一个蓝色的月亮。

复仇的火焰在蓝鲸的心里燃烧着，海水也仿佛是滚烫的。它觉得身体要爆炸。

然而，它又感到，有一只温柔的小手在轻轻安抚它的心，有一双清澈的眼睛在凝望它的眼睛。

它还时常朦胧地感到，自己变得很轻很轻，躺在一片温柔的波浪上慢慢摇，轻轻晃……

一条帆船出海了。海上，只有那个年轻人。

是我惹下的祸，就由我一个人担当。我愿意做这一次鱼饵，只要以后的渔船不再受到它的侵扰。报复我吧，蓝鲸，我等着你来。那双眼睛已经变得更美丽了，我不再需要别的了。你来吧，蓝鲸！

年轻人把帆船停在了这个老地方。

他摸出了一把匕首。刀锋上，白森森地闪着寒光，像那支钩矛。

这次也是等蓝鲸来，可他的手丝毫也没颤抖。他那紫红的脸，像庄严的古铜钟。

一声声悠长而悲凉的歌，唱起来了。

蓝鲸悄无声息地游近了。

年轻人闭上眼睛，等待着。

蓝鲸的头钻进水里。油亮亮的，线条优美的尾巴翘起来，沉重地拍在帆船上。轰的一声，帆船立刻变成碎片飞溅开来，散落在水中。

年轻人的头浮出了水面。蓝鲸的独眼冷冷地看着他。

水里，又露出了年轻人的手臂。手上紧紧握着那把锋利的匕首。

"蓝鲸啊，我们的账清了！"

年轻人把匕首插进了自己的胸膛。

海水红了一大片，云雾般缭绕着。年轻人仰着头，在红云般的血水中，望着天空缓缓下沉。

那双美丽的大眼睛，充满了整个天空。纯洁、善良、清澈、温柔的大眼睛，那女孩的眼睛。

蓝鲸惊呆了。

它无声无息，默然不动。那首悠长而悲凉的歌，再没有唱。那只独眼忽然间变得很蓝很蓝，跳动起那种极纯净的蓝光。

洗净一切污浊的鲸眼，才会有极纯净的蓝光。

整个渔村，在不安中静静等待着年轻人的归来。

四天过去了，年轻人没有出现。谁也不会知道，他已用匕首与蓝鲸清了账。

这四天来，蓝鲸也没再叫过。它的沉默更令人害怕。

恐惧，像飓风一般袭击着人们的心。

不能再出海了！渔船默默地空躺在海上，像被扔掉的鞋子。

爷爷把全村的船老大召到了家里，他要召开一个生死攸关的会。

爷爷握着烟袋，缓缓地说话了。他的眼睛不看众人，凝望着远处。

"蓝鲸的报复升级了，它不让我们再出海了。我们就要失去大海。可我们是渔民啊。该把这事了结了！我们必须把它杀死。

"它的一只眼睛在我孙女手上，把这眼睛弄死，蓝鲸就会死去。"

船老大们面面相觑。弄死那只眼睛，女孩的眼睛就会瞎掉的。可那头蓝鲸不死，渔民就不存在了。

"今天夜里，把那只眼睛埋了。"

爷爷的声调平静、沉稳，可却像个闷雷。船老大们都说不出什么话，屋里静得仿佛空气都凝固了。

半夜里，女孩睡着了。蓝鲸的眼睛放在她的枕边。

爷爷悄悄地捧走了它。

门外，船老大们在静静地等着。爷爷双手捧着蓝鲸的眼睛，走在最前面，船老大们一溜跟着。他们，仿佛是一支默默的出殡队伍，怀着敬畏，也怀着悲哀。

月亮，看上去是那么苍白。

船老大们挖好了一个土坑。爷爷亲手把那只眼睛放了下去，铲上土，压平了。

他们默立着，庄严地低下头，向这眼睛致哀。

月亮躲进了云层。

这时，从远远的海面，滑过来一阵阵短促的叫声。叫声是那样的凄惨，竟没有一丝愤怒和绝望，只有凄惨。

一阵凄惨的叫声，刺破了女孩的梦。

枕边的蓝眼睛不在了！

她的双眼，又变得模糊，仿佛整个世界被裹在了浓雾里。

天使的呼吸

"爷爷，爷爷！"女孩尖叫着，"蓝鲸的眼睛呢？"

爷爷走进门来："埋了。"

啊？女孩像遭到一下猛击，呆住了。爷爷成了个陌生人。

"怎么能埋它呢？这是蓝鲸的眼睛啊，它是活的呀！活的！"

爷爷是聋了，哑了？他好像听不见女孩的哭喊。

"我每天抱它去看月亮，看星星，让它吹大海的风，就是为了让它活着。我每天抱着它在海边等蓝鲸，我要把这眼睛还给它。它爱它的眼睛，不能没有它呀！爷爷……"

女孩跪了下来，苦苦地摇着爷爷。

"你说过，蓝鲸是渔民的神，不能冒犯的呀！"

海面上凄惨的叫声一阵阵传来。女孩的泪眼模模糊糊。爷爷的脸抽动了一下。"我只能告诉你，"爷爷木然地说，"它埋在村头，你自己去找吧。不过要快，那眼睛很快就会闷死了……"

女孩伸开双臂，瞎子一样向门外摸去，跟跟跄跄地投进黑暗里。

爷爷深邃的目光投向星空，他自言自语："善的恶的我都做了。她近乎是个瞎子，能不能找到蓝鲸的眼睛，那就看神的意志了……"

天上的月亮，看起来仿佛正在变蓝。

村头，一块没有标记的人地方。这淡淡的月光，对她近乎瞎了的眼睛，又有什么用？

她怎么能找到那埋在地下的蓝眼睛啊！

她在地上摸着，爬着，无数次地摔倒，细小的手指在土里乱挖，鲜血滴滴渗进黑土里。

女孩几乎绝望了。

"蓝鲸的眼睛啊，你在哪里？告诉我……我看不见啊……"

她的眼前，突然跳出了一朵微弱的蓝火。

她跟着这朵蓝火，急急地爬呀，爬呀。蓝火跳到了村头那棵大榕树下，消失在悬挂下来的密密的气根丛中。

地下发出一圈蓝蓝的光晕。女孩小心地挖下去，挖下去。

此时，海面上那一阵阵凄惨的叫声，正在衰弱下去。

……终于，女孩重又把它抱在怀里了，这沾满黑土的蓝鲸的眼睛。

它还活着，因为蓝鲸还在叫。

女孩喜悦的泪水，点点滴在这眼睛上，冲洗着那上面的泥土。

蓝鲸的眼睛，又慢慢亮出了蓝光。女孩的眼睛，又

天使的呼吸

慢慢变得清晰。

蓝鲸在轻轻地呻吟。痛苦的窒息已经过去。空气又变得那么清新。

它又觉得自己仿佛变成了那轮蓝月，躺在那片温柔的海里，慢慢摇，轻轻晃……

女孩奔上那块高高的礁石。海浪在峭壁上打出飞溅的白沫。

她高高托起蓝鲸的眼睛，对着大海呼唤："蓝鲸啊蓝鲸，快来要你的眼睛啊！"

远处浮动着一个蓝灰色的岛屿，岛上洒满了银色的星星。

啊，那是蓝鲸来了！

一首悠长而舒缓的歌，款款地流入了女孩的心田。那是蓝鲸唱给她的歌。

女孩高高托起的蓝眼睛，骤然明亮。纯净的蓝光，照亮了大海，照亮了渔村，照亮了这个世界。女孩把这个蓝色的月亮，投进大海。

它浮在海面上。海水一片纯蓝。

那首悠长而舒缓的歌，又唱起来了。歌声中，那只蓝眼睛突然不见了，那个漂浮的岛屿也突然不见了，而歌声，越来越悠远，仿佛飘进星光灿烂的夜空中去了。

大海，异常地平静、温和。

爷爷的声音在女孩的身后响起：

"它的眼睛，已经洗去了一切污浊。它的灵魂，升到天上去了。"

女孩的眼睛是那么清澈、明亮、温柔、纯洁。

"蓝鲸把光明留给了你……"爷爷说。

"还有大海、月亮、星星，和那个……回不来的……年轻人。"

女孩幽幽地呢喃着，睫毛上闪着两颗透明的星星。

"让这世界的一切美好，天天洗着你的眼睛。"

爷爷说。他满脸的皱纹在颤抖。

牵手阅读

　　这是一个抑郁沉滞又有些悲凉的童话故事。故事里的"善"，不是简单的，我们也无法判定谁是"坏人"。在文中爷爷曾召集渔民杀死蓝鲸，但他不这样做，渔民就无法出海。蓝鲸失去眼睛后，开始疯狂报复，但当它得知自己的眼睛是为了给一个瞎女孩时，它又缓缓离去了……你能感受到这种充满象征意义的"善"吗？

天使的呼吸

那些沉默无言的

听树生长的人

［英国］依列娜·法吉恩

　　那是一年中光秃秃的时候，不过你知道万物都已经开始生长，阳光穿过没有一片树叶的树枝，乌鸦在上面呱呱叫着，树下也没有什么低矮林丛遮掩什么东西，只有这里那里在潮气的滋润下有一些零星的紫罗兰和一些刚刚长出来的山靛，不久安绍尼就发现吉姆·斯托克斯躺在一棵树下，像是一根枯木头。他的背对着安绍尼，烟斗里喷出来的烟在他头上袅袅地盘旋。他听到小男孩来了，却并不回过头来，只是举起一个手指头，警告他保持安静。安绍尼尽量悄没地走过去，在吉姆的身边坐了下来，背靠在树干上。时间在一分钟一分钟过去，两个人坐在那里什么话也不说，安绍尼眼睛盯在地上，竖起耳朵仔细倾听，却什么也听不见，要是吉姆能听见什么。那他的耳朵一定特别尖，要不他一定能听得特别仔细。一个小时过去了，安绍尼受到深深的失望的折磨。就在他倾听的时候，他半信半疑地期待着他脚边的泥土里会有树长出来，可是周围的一切还是跟以前一模一样。

"这就是为什么你在犯错误。"吉姆说，他把烟斗从嘴里拿出来，又装满了烟叶，"你那是在看，而不是在听，你以为自己眼睛尖得足以看见树生长吗？闭上你的眼睛，不要去看，只要去听，你这个小笨蛋。"他在安绍尼面前吞云吐雾，弄得他眼睛都刺痛了，视线也模糊了，安绍尼很乐意闭上他的眼睛。

"好了，好了！好了，好了！"

谁在说这话？

大地正在他下面摇晃，摇来摇去，摇来摇去，就像是一次次心跳一样。"那里——那里，那里——那里，来——来，来——来，好了——好了，好了——好了。"那些小小的种子还紧密地舒服地躺在大地的那张床下，但当大地摇来摇去的时候，它们身体的内部也不由自主地躁动起来。安绍尼听到它们在颤动，就像他自己的心在颤动一样。那是一些小小的种子，有的平平的，有的圆圆的，有的椭圆形的。还有小小的果实从橡树上重重地掉下来，还有从白蜡树上飞下来像小小翅膀一样的种子，还有从山毛榉果子里炸开来的一些小小的三角形的种子。大地挤满了这些种子，当大地把它们摇来摇去的时候，它们的心都在怦怦地跳。但是还没有一颗从地里露出来，更别说是在森林里它们的祖先之间冒出它们的尖尖来。

"啊，在这下面，一个什么样的森林就要长出来啦！"吉姆喃喃地说，一边大口大口地吸烟，大口大口地吐烟，"那是一个大得了不得的森林。"

"什么时候长出来，吉姆？"

"可能要一百年。我们看不到它蓬蓬勃勃了，不过我们可能会看到它萌芽生长。现在这里的高大树木到那时会灰飞烟灭，别的大树会代替它们的位置。再下去轮到它们灰飞烟灭了。仔细听那咔咔声，那是那边老橡树的声音。它在长，是不是？留神听这种咔咔声，我已经听了40年了。那边的栗树也在长，还有那棵小山楂树，竖起耳朵听，它从不停止，从不停止，直着长，扭着长，咔咔——咔咔，它们必须继续不断地长，要停也停不下来。嘘！"

"嘘——嘘！好了——好了！那里——那里！来——来！"

摇呀，摇呀！大地在摇。

怦啊，怦啊！安绍尼的心在跳。

他不再是一个小男孩，他是地里的一颗种子啦，什么样的种子？他得等多久才能知道自己是一棵又高又直的枫树，还是一棵小小的弯弯曲曲的小山楂树？

"那又有什么关系呢，直直的还是弯弯曲曲的，对大地来说全都一样，她一直在同样使它们继续不断地成长，到了末了它们全都要灰飞烟灭，到那时谁又知道它跟它有什么区别呢？留神听！"

"留神——留神！好了——好了！那里——那里！来了——来了！

一年过去了，安绍尼让他小小的芽尖从地缝里钻了出来。现在他刚刚能看到森林，那座他一定得在其他所有树中间占据一个位子的森林，它们一棵棵都那么高。有的那么美丽，有的那么古怪。那棵嫩嫩的优美的白蜡树像是他的妈妈。那么说来，她是一棵白蜡树。但是那棵槭树像是他的爸爸，他会不会变成一棵槭树呢？瞧那一棵古里古怪、扭扭弯弯的小山楂树，很像是吉姆·斯托克斯。难道他也会变成一棵扭扭弯弯的小山楂树？又一年过去了，接着又是一年，又是一年，安绍尼一直在长啊，长啊。他的嫩芽起先像花一样娇嫩，一年又一年，一点点变硬了，接着又一年又一年，变得很粗糙很粗糙了。

"小心那些兔子，"那些小山楂树提醒他说，"你还很不安全，它们一有机会就会把你啃了，那时你怎么办？"

那
些
沉
默
无
言
的

不过兔子放过了他，许多年就这样溜了过去。

有一个男人带着斧子来了，他把那些小山楂树丛清理掉了。

在下一年里槭树给砍了，再后来是那棵白蜡树。老森林里一棵又一棵老树消失了，新树一棵又一棵起来了。但森林还是森林，尽管里边的树一棵棵都不一样了。

六十年就这样过去了。安绍尼一直忙着在听万物的生长，也从来没有停止过看，现在他突然想看看他自己，看看他究竟是什么树。但是他看不到自己——他在密林的深处，实在太深。他可以探头看他周围所有别的树，只有一件事他无法看到——不知道他自己究竟是什么树。

"我是什么树？我是什么树？"他大声地嚷嚷道。

"你不要老是问那么多问题，问个不停。"古姆·斯托克斯咆哮道，从嘴巴里取下烟斗又重新装满了烟叶。"那只会打搅那些东西。要是你不能把这些问题藏在肚子里，你还是带着它们回家去吧。"

安绍尼眼睛一眨一眨看着吉姆从新装满烟叶的烟斗里吐出大口大口的烟雾来。但是他无法让那些问题保持安静，它们挤满他的脑子，就像种子挤满了大地一样，他所能听到的只是那些问题发出的吵闹声，他再也听不到那些树生长的声音了。

所以他站起身来偷偷地溜走了，留下吉姆·斯托克斯一个人像是一段木头躺在树下，什么事情都抛在脑后，什么问题都不问一问，只是一边抽烟一边竖着耳朵听。

[徐朴　译]

牵手阅读

　　本篇节选自《万花筒》，是英国作家依列娜·法吉恩的童话作品。她的一生为孩子们创作了三十多部小说，想象天马行空，文字诗意动人。故事中的吉姆是一个听够听见树生长声音的人，树生长的声音是什么样的呢？我们认识万事万物时，除了视觉，也要记得用听觉、嗅觉等其他感官来观察哦。

那些沉默无言的

第十一根红布条

曹文轩

　　麻子爷爷是一个让孩子们很不愉快，甚至感到可怕的老头儿！

　　他那一间低矮的旧茅屋，孤零零地坐落在村子后面的小河边上，四周都是树和藤蔓。他长得很不好看，满脸的黑麻子，个头儿又矮，还驼背，像背了一口沉重的铁锅。孩子们的印象中就从来没有见他笑过。他总是独自一人，从不搭理别人。除了用那头独角牛耕地、拖石碌，他很少从那片树林子走出来。不知是因为他从没有成过家，始终一个人守着这间茅屋和那头牛，而变得孤独了呢，还是因为他自己觉得自己长得难看，在别人面前抬不起头，时间长了，就渐渐变得心肠冷了，觉得人世间都不值得他亲热了呢？

　　反正孩子们不喜欢他。而且他也太不近人情了，连那头独角牛都不让孩子们碰一碰。独角牛之所以吸引孩子们，也正在于独角。听大人们说，它的一只角是在它被买回来不久，被麻子爷爷绑在一棵腰般粗的大树上，用钢锯给锯掉的，因为锯得太挨根儿了，弄得鲜血淋淋的，疼得牛直淌眼泪。麻子爷爷真够狠心的，不是别人劝阻，他还要锯掉另一只角呢。孩子们常悄悄地来逗弄独角牛，甚至骑到它的背上，在田野上疯两圈。

　　有一次，真的有一个孩子这么干了。麻子爷爷一眼看到了，他不叫一声，闷着头追了过来，先是一把抓住牛绳，紧接着就将那个孩子从牛背上拽下来，摔在地上。那孩子哭了，麻子爷爷一点儿也不心软，还用那对叫人心里发怵的眼睛瞪了他一眼，一声不吭地把独角牛拉走了。背后，孩子们都在心里用劲儿骂："麻子麻，扔钉耙，扔到大河边，屁股跌成两半边！"

　　孩子们不愿再理这古怪的麻子爷爷了，从此他们很少光顾这片林子。大人们因为他的古怪，也不怎么把他放在心上。村里开会，从没有谁想起来叫他。地里干活，也觉得这个麻子爷爷并不存在，他们干他们的，谈他们的。那年，搞人口普查，会计大姐姐都把林子里的这个麻子爷爷给忘了。

　　是的，忘了，全村人都把他忘了！

　　只有在小孩子落水后需要抢救的时候，人们才忽然想起他——不，严格地说，才想起他的那头独角牛！

吃烧饼的剑客

　　这一带是水网地区，大河小沟纵横交错，家家户户住在水边上，一开门就是水。太阳上来，波光在各户人家屋里直晃动。吱呀吱呀的橹声，哗啦哗啦的水声，不时在人们耳边响着。水，水，到处是水。这里倒不缺鱼虾，可是，这里的人却十分担心孩子掉进水里被淹死！

　　你到这里来，会看见：生活在船上的孩子一会走动，大人们就用根布带拴着；生活在岸上的孩子一会走动，则常常被新搭的篱笆挡在院子里。他们的爸爸妈妈出门时，总忘不了对看孩子的老人说："奶奶，看着他，水！"那些老爷爷、老奶奶腿不灵活了，撵不上孩子，就吓唬说："别到水边去，水里有鬼呢！"这里的孩子长到十几岁了，还有小时候造成的恐怖心理，晚上死活不肯到水边去，生怕那里冒出一个黑乎乎的东西来。

　　可就是这样，也还是免不了有些孩子落水：水太吸引那些不知道它厉害劲儿的孩子了！小不点们总喜欢用手用脚去玩水，稍大些的孩子，则喜欢到河边放芦船或爬上河边的放鸭船荡到河心去玩。河面上漂过一件什么东西来，那是有放鱼鹰的船路过……这一切，都能使他们忘记爷爷奶奶的告诫，而被吸引到水边去。脚一滑，码头上的石块儿一晃，小船一歪……免不了有孩子掉进水里。有的自己会游泳，当然不碍事。没有学会游泳的，有的机灵，一把死死抓住水边的芦苇，灌了几口水，自己爬上来了，吐了几口水，哇哇大哭起来；有的幸运，淹得半死被大人发现了救上来，有的则永远也不会回来了。特别是到了发大水的季节，方圆三五里，三五天就传说那里又淹死个孩子！

落水的孩子被捞上来，不管有救没救，总要进行一番紧张的抢救。这地方上的抢救方法很特别：大人牵一头牛来，把孩子横在牛背上，然后让牛不停地在打谷场上跑动。那牛一颠一颠的，背上的孩子也跟着一下一下地跳动，这大概是起到人工呼吸的作用吧。有救的孩子，在牛跑了数圈以后，自然会哗地吐出肚里的水，接着哇哇哭出声来："妈妈……妈妈……"

麻子爷爷的独角牛，是全村人最信得过的牛。只要有孩子落水，村里便立即听见人们四下里大声吵嚷着："快！牵麻子爷爷的独角牛！"也只有这时人们才会想起麻子爷爷，可他们心里想着的却是牛，而绝不是麻子爷爷。

如今，连他那头独角牛，也很少被人提到了。它老啦，牙齿被磨钝了，跑起路来慢吞吞的，几乎不能再拉犁、拖石磙了。包产到户，分农具、牲口时，谁也不肯要它。只有麻子爷爷什么也不要，一声不吭，牵着他养了几十年的独角牛，就往林间的茅屋走。牛老了，而且

那些沉默无言的

村里也有了医生，所以再有孩子落水时，人们也就不再想起去牵独角牛了。至于麻子爷爷，那更没有人提到了，他老得更快了，整天守着那间破茅屋和那头老独角牛，很少再走动；他几乎终年不再与村里的人打交道，孩子们难得再看见他。

这是发了秋水后的一个少有的好天气。太阳在阴了半个月的天空出现了，照着水满得就要往外溢的河流。芦苇整根儿浸泡在水里，只有穗子再水面上晃动。阳光下，是一片又一片水泊，波光把天空映得亮光光的。一个打鱼的叔叔正在一座小石桥上往下撒网，一抬头，看见远处水面上浮着个什么东西，心里一惊，扔下网就沿河边跑过去，走近一看，掉过头扯破嗓子大声呼喊："有孩子落水啦——"

不一会，四下里都有人喊："有孩子落水啦——"

于是河边上响起纷沓的脚步声和焦急的询问声："救上来没有？""谁家的孩子？""有没有气啦？"等那个打鱼的叔叔把这个孩子抱上岸，河边上已围满了人。

有人忽然认出了这个孩子："亮仔！"

小亮仔双眼紧闭，肚皮鼓得高高的，手脚发白，脸色青紫，鼻孔里没有一丝气息，浑身瘫软。看样子，没有多大救头了！

在地里干活的亮仔妈妈闻讯，两腿一软，扑倒地上："亮仔——"她的双手把地面都要抠出两个坑来了。人们把她架到出事地点，一见了自己的独生子，她一头扑过来，把孩子紧紧搂住，大声呼唤："亮仔！亮仔！"

很多人跟着呼唤："亮仔！亮仔！"

孩子们都吓傻了，一个个睁大眼睛。有的还吓哭了，紧紧地抓住大人的胳膊不放。

"快去叫医生！"每逢这种时候，总有些沉着的人。

话很快地传过来了："医生进城购药了！"

大家紧张了，胡乱地出一些主意："快送公社医院！""快去打电话！"立即有人说："来不及！"又没有人会人工呼吸，大家只能束手无策，河边上只有叹息声、哭泣声、吵嚷声，乱成一片。终于有人想起来了："快去牵麻子爷爷的独角牛！"

一个小伙子箭一般射向村后那片林子。

麻子爷爷像虾米一般蜷曲在自己的小铺上，他已像所有将进黄土的老人一样，很多时间是靠卧床度过的。他不停地喘气和咳嗽，像一辆磨损得很厉害的独轮车，让人觉得很快就不能运转了。听了小伙子的话，他颤颤抖抖地翻身下床，疾跑几步，扑到拴牛的树下。他的手僵硬了，哆嗦了好一阵，也没有把牛绳解开。小伙子想帮忙，可是独角牛可怕地喷着鼻子。除了麻子爷爷能牵这根牛绳，这头独角牛是任何人碰不得的。他到底解开了牛绳，拉着它就朝林子外走。

河边的人正拥着抱亮仔的叔叔往打谷场上跑。

麻子爷爷用劲地抬着发硬无力的双腿，虽然跑得跟跟跄跄，但还是跑出了超乎寻常的速度。他的眼睛不看脚下坑洼不平的路，却死死盯着朝打谷场涌去的人群：那里边有一个落水的孩子！当大人们把亮仔抱到打谷场，麻子爷爷把他的牛也牵到了。

"放！"还没等独角牛站稳，人们就把亮仔横放到它的背上。喧闹的人群突然变得鸦雀无声，大家的目光一齐看着独角牛：走还是不走呢？听老人们说——不知真的还是假的，只要孩子有救，牛就会走动，要是没有救了，就是用鞭子抽，用火烧，牛也绝不肯向前跨一步。大家都屏气看着，连亮仔的妈妈也不敢哭出声来。

独角牛叫着，两只前蹄不安地刨着。

麻子爷爷紧紧地抓住牛绳，用那对混浊的眼睛望着牛的眼睛。牛忽然走动了，慢慢地，沿着打谷场的边沿走着。人们围成一个大圆圈。亮仔的妈妈用沙哑的声音呼唤着："亮仔，乖乖，回来吧！"

"亮仔，回来吧！"孩子和大人们一边跟着不停地呼唤，一边用目光紧紧盯着独角牛。他们心里多么希望它能撒开四蹄飞跑啊——因为据说，牛跑得越快，它背上的孩子就越有救！

被麻子爷爷牵着的独角牛真的越跑越快了。它低着头，沿着打谷场扑通扑通地转着，一会儿工夫，蹄印叠蹄印，土场上扬起灰尘来。

"亮仔，回来吧！"呼唤声此起彼落，像是真的有一个小小的灵魂跑到哪里游荡去了。

独角牛老了，跑了一阵，嘴里往外溢着白沫，鼻子里喷着粗气。但这畜生似乎明白人的心情，不肯放慢脚步，拼命地跑着。扶着亮仔不让他从牛背上颠落下来的，是全村力气最大的一个叔叔。他曾把打谷场上的石磙抱起来绕场走了三圈。就这样一个叔叔也跟得有点气喘吁吁了。又跑一阵，独角牛哞地叫了一声，速度猛地加快了，一窜一窜的，简直是跳跃，屁股一颠一颠的。那个叔叔张大嘴喘气，汗流满面。他差点赶不上牛的脚步，险些松手让牛把亮仔掀翻在地上。

至于麻子爷爷现在怎么样，可想而知了。他脸色发灰，尖尖的下巴颏儿不停地滴着汗珠。他咬着牙，拼命搬动着那双老腿。不时地闭起眼睛，脸上满是痛苦。有几次他差点跌倒，可是用手撑了一下地面，跌跌撞撞地向前扑了两下，居然又挺了起来，依然牵着独角牛跑动。终于有一个叔叔跑进圈里要替换麻子爷爷。麻子爷爷用胳膊肘把他狠狠地撞开了！

跑呀，跑呀，牛背上的亮仔突然吐出一口水来，紧接着哇地一声哭了。

"亮仔！"人们欢呼起来。孩子们高兴地抱成一团。亮仔的妈妈向亮仔扑去。

独角牛站住了。

麻子爷爷抬头看了一眼活过来的亮仔，手一松，牛绳落在地上。他用手捂着脑门，朝前走着，大概是想去歇一会，可是力气全部耗尽，摇晃了几下，便扑倒在地上。有人连忙来扶起他。他用手指着不远的草垛，人们立即明白了他的意思：他要到草垛下歇息。于是他们把他扶到草垛下。

现在所有的人都围着亮仔。这孩子在妈妈的怀里慢慢睁开了眼睛。妈妈突然把他的头按到自己的怀里大哭起来，小亮仔自己也哭了，好不伤心。人们心底舒出一口气来：亮仔回来了！

独角牛在一旁哞哞叫起来。

"拴根红布条吧！"一位大爷说。

这里的风俗，凡是在牛救活孩子以后，这个孩子家都要在牛角上拴根红布条。是庆幸，是认为这头牛救了孩子光荣，还是对上苍表示谢意而挂红呢？

亮仔家里的人，立即撕来一根红布条。人们都不吱声，庄重地看着这根红布条拴到了独角牛的那根长长的独角上。

小亮仔已换上干衣，打谷场上的紧张气氛已飘散得一丝不剩。惊慌了一场的人们在说："真险啊，再迟一刻……"老人们则不失时机地教训孩子们："看见小亮仔了吗！别到水边去！"人们开始准备离开了。

独角牛哞哞地对着天空叫起来，并在草垛下来回走动，尾巴不停地甩着。

"噢，麻子爷爷！"人们突然想起他来了，有人便走过来，叫他："麻子爷爷！"

麻子爷爷背靠草垛，脸斜冲着天空，垂着两只软而无力的胳膊，闭着眼睛。那张麻脸上的汗水已经被吹干，留下一道白色的汗迹。

"麻子爷爷！"

"他太累了，睡着了。"

可那头独角牛用嘴巴在他身下拱着，像是要推醒它的主人，让他回去。见主人不起来，它又来回走动着，喉咙里不停地发出呜呜的声音。

那些沉默无言的

一个内行的老人突然从麻子爷爷的脸上发现了什么，连忙推开众人，走到麻子爷爷面前，把手放到鼻子底下。大家看见老爷爷的手忽然控制不住地颤抖起来。过了一会儿，他用发哑的声音说："他死啦！"

打谷场上顿时一片寂静。

人们看着他：他的身体因衰老而缩小了，灰白的头发上沾着草屑，脸庞清瘦，因为太瘦而牙床外凸，微微露出发黄的牙齿，整个面部还隐隐现出刚才拼搏着牵动独角牛而留下的痛苦！

不知为什么，人们长久地站着不发出一点声息，像是都在认真回忆着，想从往日的岁月里获得什么，又像是在思索，在内心深处自问什么。

亮仔的妈妈抱着亮仔，第一个大声哭起来。

"麻子爷爷！麻子爷爷！"那个力气最大的叔叔使劲摇晃着他——他确实永远睡着了。

忽地，许多人哭起来，悲痛里含着悔恨和歉疚。

独角牛先是在打谷场上乱蹦乱跳，然后一动不动地卧在麻子爷爷的身边。它的双眼分明含着洁净的水——牛难道会流泪吗？它跟随麻子爷爷几十年了。是的，麻子爷爷锯掉它的一只角，可是，它如果真的懂得人心，是永远不会恨他的。

那时，它刚被买到这里，就碰上一个孩子落水，它还不能听主人的指挥，去打谷场的路上，它不是赖着不走，就是胡乱奔跑，好不容易牵到打谷场，它又乱蹦乱跳，用犄角顶人。那个孩子当然没有救活，有人叹息说："这孩子被耽搁了。"就是那天，麻子爷爷锯掉了它的一只角！也就是在那天，它比村里人更早地认识了自己的主人！

　　那个气力最大的叔叔背起麻子爷爷，走向那片林子，他的身后，是一条长长的、默不作声的队伍……

　　在给他换衣服下葬的时候，从他怀里落下一个布包，人们打开一看，里面有十根红布条，也就是说，加上亮仔，他用他的独角牛救活过十一条小小的性命！

　　麻子爷爷下葬的第二天，村里的孩子首先发现，林子里的那间茅草屋倒塌了。大人们看了看，猜说是独角牛撞倒了的。它是因为失去主人急疯了呢，还是觉得这间孤独的小屋已没有用处了？

　　那天独角牛突然失踪了。几天后，几个孩子驾船捕鱼去，在滩头发现它已经死了，它的身体一半在滩上，一半在水中。人们一致认为，它是想游过河去的（麻子爷爷埋葬在对岸的野地里），后来游到河中心，它大概是没有力气了，被水淹死了。

它的那只独角朝天竖着，拴在它角上的第十一根鲜艳的红布条，在从河上吹来的风里飘动着……

牵手阅读

　　十一根红布条代表十一个被救活的生命，谁能想到其貌不扬、性格古怪、常常被大家遗忘的麻子爷爷，和他的独角牛一起，默默无闻地救了十一个人呢？独角牛的一只角恰恰彰显着麻子爷爷的善良和热心肠。我们生活中也有许多平凡的伟大者，他们和麻子爷爷一样，默默地付出，却从不索求回报，希望我们不要成为事后悔恨的村民。做到不以貌取人，用心对待每一份善意。

和乌鸦做邻居

沈石溪

　　喜鹊和乌鸦虽然同属鸟纲中雀形目的鸦科，从分类上说属于血缘相近的亲戚，但名声却有天壤之别。人们把喜鹊视为吉祥鸟，童谣里就有"喜鹊叫，喜来到"的说法，还把喜鹊登枝作为喜事临门的象征。说到乌鸦，大家就禁不住要皱眉头了，小时候奶奶就经常告诫我说："你出门遇见乌鸦，赶紧往自己的脚后跟吐口水，不然的话，乌鸦朝你叫一声，你就会碰到倒霉事，朝你叫三声，家里就会死人的。"我听了毛骨悚然，幼小的心灵形成了一个根深蒂固的看法：乌鸦是一种不吉利的鸟，主凶兆。

　　幸好我在上海活到十六岁，从没见过乌鸦。

　　没想到我到西双版纳曼广弄寨子插队落户后，竟和乌鸦做了邻居。

　　在我住的茅草房左侧约二十米远的水塘边，有一棵枝繁叶茂的菩提树。每年的六月到第二年的二月，一大

那些沉默无言的

149

群乌鸦便会占据老菩提树，华盖似的巨大树冠成为乌鸦的大本营。乌鸦的数目多得数不清，当它们集体停栖在枝丫间时，就像挂着一嘟噜一嘟噜的黑果子，把树枝都压弯了。

乌鸦真是一种让人讨厌的鸟，"天下乌鸦一般黑"这句谚语确实有道理，所有的乌鸦除了眼珠子是黄褐色之外，其余部分是漆黑色。黑色不一定就不漂亮，例如喜鹊从头到尾包括两只翅膀也是黑色的，但黑得油亮，在腹部那片白毛的衬托下，通体闪闪发光，令人赏心悦目；而我屋前的那些大嘴乌鸦，却像忘了上釉的黑陶罐，没有光泽，乌黑乌黑，黑得死气沉沉，令人联想到墓地和灵堂的颜色。尤其到了黄昏，暮鸦归巢，一树的乌鸦呱呱呱乱叫，嗓门嘶哑粗重，声调凄凉悲怆，配上苍茫的天色、思乡的愁绪，让人听得心情烦躁，真以为世界末日就要来临了。

难怪乌鸦还有一个诨名叫黑老鸹。

开始时，我还恪守奶奶的教诲，见着乌鸦赶紧扭过身来朝自己的脚后跟吐口水，但没几天，我就放弃了这种可以消灾祛邪的秘诀。乌鸦那么多，离我那么近，每时每刻都要看到老鸹黑色的身影，听到老鸹刺耳的叫声，我得一天到晚不停地吐口水，哪有那么多口水好吐呀。

与乌鸦为邻，还有许多倒霉事呢。乌鸦会偷东西，而且专偷圆形的、亮晶晶的、在太阳底下会闪闪发光的东西，什么玻璃珠子、乒乓球、女孩子的项链、耳环、戒指等，连我蚊帐钩上的塑料坠子，都被它们叼去了，好像它们天生对这类物品有收藏癖。

有一次，我在院子里钉一件衬衣的纽扣，忘了拿剪刀，便进房间去取，当我返回院子时，正巧看见一只乌鸦飞落到石桌上，叼起我针线盒里的一串五颜六色的纽扣。因为距离近，我看得很清楚，这只乌鸦比一般的乌鸦要大一些，从喙到尾尖大约有五十厘米长，而普通乌鸦身长四十厘米左右。与众不同的是，这只乌鸦头顶有一撮高耸的冠毛，像戴了顶黑色的礼帽。显然，这是一只身体强壮的老乌鸦，此后我就一直叫它"高帽子"。

它见我跨出门槛，在石桌上轻盈地一蹬，展翅就要飞走，我岂肯轻饶了小偷，眼疾手快，嗖地一下将手中的剪刀掷过去，不偏不倚刺中它的肩胛，它呱地惨叫一声，衔在嘴里的那串纽扣掉了下来，一只翅膀半敛，一只翅膀摇曳，像漩涡中的小舢板，在半空中滴溜溜旋转，飘落下好几根黑色的羽毛。

那些沉默无言的

我跑过去弯腰捡起剪刀，想再接再厉，把这只可恶的乌鸦打落下来，但当我直起腰来时，"高帽子"已经从第一次打击中回过神来，急遽地扇动翅膀，歪歪扭扭地飞升上去，终于飞到菩提树树梢，钻进叶丛里不见了。

　　哼，尝尝我的厉害，看你们还敢不敢和我捣乱！

　　我只得意了两天，就再也得意不起来了。

　　第三天傍晚，我穿过菩提树到水塘去洗澡，听见空中传来"呱哇——呱哇——"的叫声，抬头一看，是高帽子，它正平稳地在我头顶绕圈。突然，它长长的尾巴往上一翘，又往下一阖，撒下一串小黑点，落在我的头发上。我用手一摸，热乎乎湿漉漉，有一股难闻的腥臭味，真坏，这只烂乌鸦竟在往我头上拉屎呢！看来，它是养好了伤以后，蓄意来向我报仇的。

　　这时，高帽子一掠翅膀，斜刺向天空，"呱啊咕——呱啊咕——"叫唤起来，这叫声和我以往听到的乌鸦叫声迥然不同，三个音节紧凑连贯，尾音拖得很长，听起来有一种吹响了战斗号角的意味。霎时间，菩提树上飞起七八只乌鸦，一路纵队，像编排有序的轰炸机群，向我俯冲下来，七八泡粪便在我四周开花。

　　我急忙捡起石头想还击，还没扔出去呢，在旁边盘旋的高帽子就"咿——呀——咿——"叫起来，仿佛在说："弟兄们，注意了，这个人手上有石头！"立刻，那七八只排泄完了的乌鸦一个漂亮的翻飞动作，升上天空，我手里的石头连根乌鸦毛也没能打下来。

这时，高帽子又"呱啊咕"叫起来，和上一次不同的是，尾音缩短了，并稍稍有点变调，准确地说应该是"呱啊咕呦"。随着叫声，又一队乌鸦排成一字形，从它们的飞行基地出发。这一次，它们不再朝我俯冲投"弹"，而是在与树梢平行的位置朝我喷粪，命中率虽然差一些，但我手里的石头对它们丝毫构不成威胁。

我气坏了，跑到村长家借了一把金竹弩，高帽子一见，又发出一种不同音调和频率的叫声："咿——呀哇——呕，咿——呀哇——呕"，分明是说："危险，这个人手里拿着金竹弩，千万别飞下去！"乌鸦们飞到更高的天空，继续用粪便对我进行地毯式轰炸，别说弩箭了，就是鸟枪也休想把它们打下来。

看来，高帽子是这群乌鸦的王，成功地指挥了这场"粪便之战"。

它们有翅膀，可以居高临下往我头上拉屎，我没特异功能，就是站在屋顶上高高撅起屁股，也没法像开高射炮似的把我的粪便喷到天上去回敬它们，只好抱头鼠窜，逃回宿舍。

　　我满头满脸都是乌鸦粪便，费了两块香皂，洗了三次澡，还没能洗净身上那股秽气。一连好几天，我都要用一只脸盆倒扣在头顶，像古代武士戴起头盔，才敢出门。

　　半个月后的一天中午，我到水塘去淘米洗菜，成年乌鸦都飞出去觅食了，菩提树上只留下一些出壳两个多月羽毛还没有丰满的雏鸟，不时从枯枝和稻草编织的鸟巢里伸出毛茸茸的脑袋，发出"呱唧呱唧"难听的声音。突然，天空投下一片浓黑的阴影，传来翅膀震动的声响，"啁哩叽，啁哩叽"，洒下一串嘹亮的鸟鸣。我抬头一看，眼睛不由得一亮，一群红嘴蓝鹊，正往菩提树飞来，红嘴蓝鹊是喜鹊的一个近亲，美得让孔雀都会嫉妒，紫色的身体和翼羽，头顶一撮灰蓝色的羽毛，颈部与前胸黑得发亮，橙红的嘴，橘红的脚，黑白相间特长的尾羽，如彩带在随风飘扬。

　　这群红嘴蓝鹊约有二三十只，围着菩提树绕了三匝，其中有一只躯体特别强壮嘴喙呈紫红色的雄鸟鸣叫声陡然变得粗野，刹那间，这群红嘴蓝鹊缩紧绒毛张开利爪，冲进菩提树巨伞似的树冠。立刻，菩提树上传来小乌鸦尖厉的惨叫声，翠绿的菩提树树叶、黑色的乌鸦羽毛和鸟巢里金色的稻草，纷纷扬扬洒落下来，像下了一场三色雪。

红嘴蓝鹊有攻击其他鸟的巢、掠食其他鸟的雏鸟和蛋的习性。我晓得，此时此刻，这群红嘴蓝鹊正在虐杀小乌鸦。我丝毫没有同情和怜悯，恰恰相反，高兴得想喝彩叫好，我不觉得这是一种残忍的暴行，我觉得这是美在驱赶丑，正义在铲除邪恶。我打心眼里讨厌这些丑陋的邻居，我希望这群红嘴蓝鹊能尽快把留在鸟巢里的小乌鸦们消灭掉，永久占领这棵菩提树，做我的新邻居，天天看见五彩的吉祥鸟，天天听到婉转的歌声，该是一件多么令人赏心悦目的事啊。

菩提树上凄厉的叫声越来越响，整个树冠变成了屠宰场，那些还没被红嘴蓝鹊抓住的小乌鸦们纷纷从鸟巢里钻出来，不顾一切地从树上往下跳。它们稚嫩的翅膀还无法托起它们的身体在空中飞行，只能让它们避免笔直掉下来摔死。不知是一种巧合还是有意选择，小乌鸦们跳下来的方向都朝着我正在淘米洗菜的水塘，它们拼命扇动翅膀，还是被风吹得歪歪扭扭，斜斜地掉落下来。

我赶紧将淘米的大箩倒扣过来，当作临时鸟笼，很方便地就把落在水里和草丛里的小乌鸦捡了起来，塞进大箩里去，不一会儿我就捡了二十几只。嘿嘿，小乌鸦肉质肥嫩，加点青椒和蒜泥，放在油锅里一炒，味道一定好极了。我不仅可以大饱口福，还能解恨，洗雪被淋

那些沉默无言的

了一身乌鸦粪便的奇耻大辱。

　　我正兴致勃勃地满地捡小乌鸦，突然听见天空中传来"呱——呱——呱——"乌鸦的叫声。我抬头一看，哦，是鸦王高帽子在高空盘旋，并发出刺耳的鸣叫。就像听到了警报一样，很快，乌鸦从四面八方汇聚而来，形成了声势浩大的鸦群。那只紫红喙的雄鸟见势不妙，长鸣一声，领着红嘴蓝鹊们头也不回地朝坝子对面的布朗山飞去，它们飞得极快，不一会儿就消失得无影无踪。

　　我很失望，一场换邻居的美梦破灭了。

　　大乌鸦们在菩提树树冠间出出进进，"呱呀——呱呀——"，叫声凄凄惨惨，悲悲切切，像在开追悼会。这一场飞来横祸，让这群乌鸦的雏鸟少说也减少了三分之一。

　　大乌鸦们一飞回来，就被我扣在了大箩底下的小乌鸦们就"呱唧呱唧"叫起来，我赶紧脱下衣服，想把大箩包起来溜回家去，但已经迟了。鸦王高帽子像片黑色的树叶向我飘来，飘到我的头顶，"呱嘎——"叫了一声，又立刻飞升上去。许多大乌鸦也都学着高帽子的样，在我头顶呈波浪形地起伏飞翔，"呱嘎——呱嘎——"地叫，让我交出大箩里的那些小乌鸦。

　　我虽然满心不愿意，但还是乖乖掀开了大箩。我想，上次我只是用剪刀掷伤了高帽子的翅膀，就被淋了一通乌鸦粪便，假如这次我当着众乌鸦的面把这二十几只小乌鸦拿回去炒炒当下酒菜，高帽子岂肯轻饶了我？还不把我当成永久性的乌鸦厕所？我总不能为了图口服而天天泡在粪缸里过日子吧。

小乌鸦们在水塘边的草地上跌跌撞撞，想飞飞不起来；大乌鸦们则急得呱呱乱叫。送佛送到西，我找了架竹梯，做个顺水人情，把小乌鸦们送上了菩提树树冠。

鸦王高帽子自始至终都在我的头顶盘旋，直到被我拘留的二十几只小乌鸦平安回到鸟巢，这才平展双翼，在我面前做了个漂亮的滑翔动作。掠过我额头时，高帽子一只右翅膀摇曳了三下，大概是在向我表示感谢吧。

那天下午，我闲着没事，提着一杆借来的小口径步枪，独自爬上布朗山，想打只豪猪或原鸡什么的，好弄顿丰盛的晚餐。

我的运气不错，我刚爬到山顶，就看见一只黄麂站在悬崖边缘，我一枪打中了它的脖子，它咕咚一声栽倒，四足朝天翻了个身，骨碌骨碌滚下了悬崖。我走到悬崖边往下一看，黄麂滚落下去约二十几米，刚好被长在悬崖上的一棵大青树拦住了。

大青树是亚热带一种生命力极强的树，它的种子无论撒落到哪里，只要有土，就能长成一棵参天大树。

在西双版纳人们经常能见到这样的情景：一只鸟吞食了一粒大青树的种子，种子随着鸟粪一起被排泄到悬崖上。岩壁的石缝间有一摊从山上冲击下来的淤泥，种子沾着土，被春雨一浇，便伸出无数根须，像一只长着千万根指头的巨手，掘开坚硬的岩石，抓住山的灵魂，在陡峭的悬崖上巍然屹立，最终变成一棵傲视苍穹的大树。庞大的树冠紧紧贴在绝壁上，就像凌空建造的一座绿色亭榭。

那只死黄麂就横挂在紧靠岩壁的树梢上。我仔细观察了一下地形，这段山壁虽然陡峭，却不是那种平滑的绝壁，而是由一块块粗糙的岩石凸出来，有棱有角的石头组成一架石梯，通向大青树。

我把小口径步枪和佩挂在腰间的长刀解下来，空着身往悬崖下爬。我好不容易打到一只黄麂，总不能白白扔在悬崖下喂秃鹫吧？黄麂肉细嫩鲜美，是上等山珍哩。

我很顺利地下到和黄麂平行的位置，右脚向大青树的树冠伸去，想寻找一个支点，踩稳后将身体倾斜过去，就可以把距我一步之遥的黄麂拉过来。这棵大青树的叶子特别茂盛，又宽又大的叶子遮住了我的视线，我感觉到我的脚尖踢到了一个柔软的东西，我又踩了一下，脚下传来轻微的什么东西破碎的声响。我用脚尖拨开树叶一看：哦，是个鸟窝，里头有四个比鸡蛋略小一点的鸟蛋，已经被我踩碎了，变成一堆蛋糊。

我刚把黄麂抓到手，突然，大青树低一层的枝丫间扑棱飞出几十只鸟来，五彩缤纷的身体，黑白相间的长长的尾羽。哦，是红嘴蓝鹊。领头的那只雄鸟喙呈半透明的紫红色。哦，就是一个星期前袭击我门前那棵菩提树上的乌鸦鸟巢的那群红嘴蓝鹊！

我们曾经相识，还差点做了邻居呢。

紫红喙的雄鸟"嘎呀——噶呀——"发出尖锐的叫声，长长的尾羽像舵似的一摆，飞快朝我俯冲下来。尖利的鸟爪在我右手臂上抓了一下，我的手臂疼得像泡进了热油锅，一哆嗦，手里的黄麂掉了，像片黄叶，坠进深渊。好几秒钟后，几十丈深的悬崖下才传来物体砸地的訇然声响。

红嘴蓝鹊们乱纷纷飞到我的头顶和背后，在我身边扑腾着，愤怒地喧嚣着，对我乱抓乱啄。这些美丽的鸟，心地却并不善良，好像知道我一松手或者一脚踩滑就会像黄麂一样从绝壁上摔下去摔成肉饼似的，专门抓我的手臂和大腿。很快，我的裤腿和袖管被撕得稀巴烂，手

那些沉默无言的

臂和大腿上像爬满了蚯蚓似的暴起一条条血痕。

最可恶的是紫红喙，它飞到我的头顶，尖尖的喙专啄我的眼睛，大有要把我的眼珠子啄出来当玻璃珠子玩的架势。我吓得赶紧把脸埋进臂弯里。我在陡峭的悬崖上爬行，关键是要看清并选准每一步的落脚点，稍一差池，就会一失足成千古恨。现在紫红喙不让我抬头看，我只好像条可怜的蜥蜴，贴在绝壁上，一步都不敢动，忍受着鸟群的攻击。

我高声呻吟着，咒骂着，却又无可奈何。

很快，我大汗淋漓，四肢虚软，伤口火烧火燎般疼，快支持不住了。

就在这时，我突然听见"呱啊——呱啊——"，天空中响起一片我十分熟悉的乌鸦的叫声。立刻，红嘴蓝鹊们减弱了对我的攻击，紫红喙也飞离了我的肩头，我赶紧咬紧牙关攀住石缝爬上悬崖。

果然是高帽子统率的鸦群在和红嘴蓝鹊激烈鏖战。显然，乌鸦们是来找红嘴蓝鹊报仇的。

开始时，我看见高帽子只带着五六十只乌鸦，在大青树边缘飞来飞去，紫红喙带着六七十只红嘴蓝鹊朝那群乌鸦猛扑过去。红嘴蓝鹊的身体要比乌鸦大许多，数量又占优势，乌鸦们抵挡不住，转身就逃，红嘴蓝鹊气势汹汹地在后面尾随追击。

飞出离大青树约几百米远，突然，高帽子像支黑色的火箭，从鸦群钻出来，笔直升上高空，一面飞升一面发出"呱嘀呀——呱嘀呀——"的长鸣。随着高帽子的飞升和它独特的叫声，我看见，离这群红嘴蓝鹊巢穴大青树一百多米的一道山湾背后突然飞出一大群乌鸦，像开闸放出来的一股黑色洪流，顺风疾行，转眼间已扑到大青树上。立刻，大青树上传来鸟巢被撕碎、鸟蛋滚落到枝丫上被砸碎的声响。

正在天空追逐高帽子的红嘴蓝鹊们军心大乱，纷纷掉过头来，要来救自己的窝和蛋。高帽子在高空一敛翅膀，像颗黑色的流星笔直落下来，快落到红嘴蓝鹊群时，才唰地展开双翼，贴着紫红喙的脊背飞过去，"呱哦——"叫了一声，在紫红喙的背上狠狠抓了一把，抓落了好几根蓝色羽毛。

就好像发布了一道简洁的命令，正在逃跑的鸦群突然掉转头来，杀了个回马枪。红嘴蓝鹊无心恋战，急急忙忙往大青树飞来，还没有等它们飞回巢，那群乌鸦伏兵已经扫荡完大青树上几十只鸟窝，然后，形成密集的队形，迎着红嘴蓝鹊飞过去。

红嘴蓝鹊不仅数量上处于劣势，而且它们的老巢被

那些沉默无言的

捣毁了，心理上也处于劣势，乱得像锅粥，四散飞逃。高帽子带领五六只大乌鸦盯着紫红喙穷追不舍，一阵混战，紫红喙头顶和背上的毛几乎被拔光了，双翼也被啄得像把破扇子。它在空中一沉一浮，一股旋风刮来，它像被漩涡卷住了似的，直线坠落下去。

紫红喙一死，红嘴蓝鹊群立刻变成一盘散沙，自寻生路。

庞大的鸦群"呱呱呱呱呱"唱着凯旋的歌，天空飘扬着一面黑色的大旗。

我坐在悬崖边上，简直看呆了。巧设奇兵，诱敌深入，捣毁老巢，两面夹击，鸦群的种种计谋令我赞叹不已。乌鸦真是鸟类世界最有纪律的士兵，鸦群也是鸟类世界里最英勇善战的军队，而鸦王高帽子堪称一流的军事家。

这以后中，我和鸦群睦邻友好，和平共处。我杀了鸡宰了鱼，就把肠肠肚肚挂在竹篱笆上，让我那些黑色邻居来叼食，还经常丢些碎玻璃和纽扣在门前，满足它们奇怪的收藏欲。

很快，我就和它们混熟了，尤其是鸦王高帽子，它见到我就像见到老朋友似的，总要在空中对我摇摇翅膀，用平和的声调朝我轻叫一声，向我问候致意。我到水塘边去淘米，正在喝水的高帽子甚至会跳到离我一步远的地方，啄食我掉落在草地上的米粒，当我戏谑地想伸手抓它时，它才敏捷地一拍翅膀飞走了。

乌鸦们的羽毛仍然乌黑乌黑，没有光泽，可看久了，觉得也并不十分难看；它们的叫声仍然嘶哑粗俗，可听惯了，也不觉得特别聒噪刺耳。有时候，夕阳西下，我坐在院子的石凳上，思念远在上海的亲人。这时，菩提树上传来暮归的鸦群凄凉的鸣叫，听着听着，我的眼泪就会不知不觉地流出来，无助、孤独的心似乎也得到了一些慰藉，心情就会稍稍变得平静些。

它们是被人们唾弃的鸟，而我是被城市驱赶出来的知识青年，我觉得我和他们之间有某种心灵上的沟通。

半年后的一天傍晚，天上乌云密布，闪电像一条条小青蛇在云层游弋，山雨欲来风满楼。过去，每遇到坏天气，乌鸦们总是钻进茂密树叶下的鸟巢里，躲避热带暴风雨的袭击。但此刻，我却看见一大群乌鸦在空中围着菩提树冠绕来绕去，"呱呱呱呱"叫得很急躁。

天快黑透了，乌鸦不是猫头鹰，乌鸦的眼睛在黑暗中视线会模糊，看不清东西，摸黑飞行很有可能会一头撞死在树干上的，以往这个时候，它们早该进窝歇息了。这很反常，我想。过了一会，鸦王高帽子振翅朝东面飞去，整个鸦群紧跟在高帽子后面，在苍茫的暮色和低垂的乌云下疾飞，很快就从我的视线内消失了。

我为鸦群反常的举动感到纳闷，但也并不十分放在心上，在田里劳累了一天，倒在床上，很快呼呼睡着了。

半夜，我突然被一只乌鸦急促的叫声从睡梦中惊醒："呱嘎儿哇——呱嘎儿哇——"我虽然已和乌鸦混得很熟，但还是第一次听到这么奇特的叫声，一个个音符仿佛都用辣椒擦过，用烈火炼过，用镪水淬过，又辣又烫又硬，听起来有一种恐怖的感觉。

我穿好衣服，点亮马灯，拉开木门，外面狂风骤雨，闪电已由小青蛇变成了大青龙，在漆黑的夜空遨游。我用马灯一照，屋檐下我晾衣服的铁丝上，停栖着一只乌鸦，浑身淋得透湿，不知是狂风吹折的还是豆大的雨粒打断的，它的尾羽断了好几根，像燕尾似的中间撕裂开。尽管它头上那撮高耸的羽毛被雨压平了，礼帽变成了鸭舌帽，我还是一眼就认出是鸦王高帽子。

它看见我走出门，"呱嘎儿哇——呱嘎儿哇——"叫得愈发急促，愈发响亮。我再用马灯往四周照了照，没有其他乌鸦。深更半夜的，又是如此恶劣的鬼天气，它无疑是冒九死一生的危险飞来的。它来干啥？莫非它在黑夜中迷了路，想进这房间避避风雨？我把门敞开，朝它招手，可它却没有要进房的意思，也许它是受了伤，想求我替它包扎吧，我想。我走过去抓它，它却扑棱一飞，飞到另一根晾衣绳上去了，动作虽然没平时那么轻盈敏捷，却也瞧不出受伤的样子。我傻站在屋檐下，不知道究竟是怎么回事。

高帽子从晾衣绳跳到地上，半撑开翅膀，张着大嘴，冲着我"呱嘎儿哇呱嘎儿哇"叫起来。这叫声又和先前的不同，没了尾音，斩断了拖腔，一句紧接着一句，没有停顿，没有间歇。它直叫得浑身颤抖，叫得身体趴在地上，仍在不停地叫。我真担心它再这样叫下去，乌黑的嘴腔里会喷出一口鲜血，气绝身亡。

它的叫声如泣如诉，惊心动魄，听着听着，我全身的汗毛倒竖起来，有一种紧张得喘不过气来的感觉，产生了一种大难临头的恐怖感。我不敢再一个人待在茅草房里，取下挂在屋檐下的斗笠和蓑衣，想到村长家去借宿一夜。

当我锁好门踏上通往村长家的泥泞小路，鸦王高帽子停止了鸣叫，艰难地扑扇翅膀，飞进茫茫雨帘，被浓墨似的夜吞没了。

我刚登上村长家的竹楼，突然，一颗橘红色的球状闪电从天空滚落下来，不偏不倚，落在我门前那棵菩提树上，巨大的树冠就像一张巨大的嘴一口吞进了一只巨大的火球。

寂静了几秒钟，菩提树根耀起一片蓝色火光，轰然一声巨响，那棵几围粗的老菩提树像个巨人似的跳起舞来，跳了个潇洒的华尔兹，然后颓然倒下，巨大的树冠像把锤子一样正砸在我那间茅草房上……

从此以后，我再也没见过高帽子和它率领的那群乌鸦，兴许，它们搬到遥远的新家去了。

若干年后，我在一本介绍外国民间谚语的书里看到这么两句话，一句是："聪明得像只老乌鸦。"一句是："像乌鸦一样勇敢。"看来，东西方文化确实有很大差异，在我们眼里丑陋而又带着某种凶兆的乌鸦，在某些民族那儿，却是聪明和勇敢的化身。

我还在一本动物学杂志上看到这样的介绍：乌鸦是鸟类中进化最快的一种，从解剖中发现，乌鸦的脑髓外面裹着一层类似人类大脑皮层的胶状物质，而其他鸟不具备这层胶状物质，所以乌鸦的智慧高于其他鸟类。乌鸦群不仅组织严密、等级森严，还会发出四十多种不同的叫声，彼此进行联络。

我至今都怀念我那群不讨人喜欢的乌鸦邻居。

这篇故事主要讲述了"我"对乌鸦由厌转喜的过程，乌鸦战斗时的勇敢智慧和对朋友的义气改变了"我"对乌鸦的固有印象——"我"之前受传统观念的影响，认为乌鸦是一种不吉利的鸟，而现在的"我"则对乌鸦多了几分敬意、怀念与感激。文章里提到的中外文化差异引人深思，我们看待事物难免受到文化环境的影响，这也就导致我们难以看清事物的全貌。将来你遇到这类问题，不妨先放下固有成见，用心去感知、认识事物，向"乌鸦"说一声："你好！"

那些沉默无言的

为你读诗

亲爱的小鱼

［法国］安德烈·德昂

亲爱的小鱼，我多么爱你。
我会喂你面包，看着你长身体。

每天每天，我都会有一个甜蜜的吻给你，
而且向你保证，永远也不会忘记。

但有一天，我亲爱的小鱼，
你会长得那么大，大到小鱼缸再也盛不下。

到了那一天，我会带你来到海边，
只要轻轻地一倾，就给你自由的生命。

你会多么开心地离去，亲爱的小鱼，
但我会很想、很想你。

一整天、一整天，我都会坐着等你，
盼望你有一天再游回到这里。

一整夜、一整夜，我会依然等着你，
盼望能看到你回来的身影。

哦，我会把我唯一的帽子丢出去，
盼望着把它带回来的是你。

而当你果真把帽子送回我身边，
那将是我得到的第一个惊喜。

你的背脊就是我心爱的小船，
它将载着我，和你一起航行、漂游。

漂过小河，游过海洋，来到一座小小的海岛，
那儿只有一株棕榈繁茂。

我们将在那儿生活和嬉戏，
整日整夜玩我们的"捉帽子"游戏。

而到了那时，我也会明白你对我的爱，

因为当我给了你自由，你却仍然愿意回到我身边来。

[赵霞　译]

牵手阅读

　　这是一个单纯、快乐，又带有一丝说不出的感伤的故事。整个故事其实全是"我"对小鱼的爱的承诺与独白。而那"轻轻地一倾"，既是一种爱的回报和证明，也表达了"我"对爱的一种理解和希冀：爱是与自由相伴的，真正的爱是"我"愿意把自由送给所爱的小鱼，而小鱼也愿意在自由的选择中仍然回到"我"的身边。作家有意设置的这种独白的叙述方式，给整个故事染上了一层说不出的感伤气氛。我想，每一位读者都会被这个故事深深打动，不管他认同自己是故事中的"我"，还是那条被爱的小鱼。

一颗面包做的心

［意大利］安娜·索尔迪

我在面包房里

看见一个心形大面包，

热乎乎，香喷喷，

于是我想到：

如果我有一颗面包做的心，

多少孩子可以吃个够！

给你，我的挨饿的朋友，

还给你，给你，给你……

我这面包做的心啊，请来吃一口。

对一个挨饿受冻的孩子，

光说"我爱你"还不够，

碰到流泪的孩子，

不能只说声"可怜的朋友"。

如果我有一颗面包做的心，

多少孩子可以吃个够！

你是一个当权的人，

吃烧饼的剑客

为什么不用面包做炸弹？

请问什么碍着你这么办？

这样，到了战争结束的时候，

每个士兵将快快活活地

带回家一大篮

味道芳香、皮子焦黄、

金色的炸弹。

然而，这只是梦罢了，

我那挨饿的朋友，

他眼泪还在流着。

啊，但愿我的心是面包做的！

〔任溶溶　译〕

牵手阅读

　　"我"希望自己有一颗面包做的心，这样孩子们就都可以吃到热乎乎、香喷喷的面包，不再饱受饥饿的困扰。安娜·索尔迪在写这首诗时年仅十一岁，她童真、年幼的眼睛却能看到战争带来的饥饿与不幸，她以奇特的想象为处于水深火热之中的孩子们带来一丝慰藉，感情真挚而动人。

穿过黑暗的泥土

［美国］艾米莉·狄金森

百合花勇敢地
抬起她那洁白的脚
穿过了黑暗的泥土
像个上学的小孩
考试，通过

她喜疯了
在幽谷中
拼命摇晃
绿宝石的铃铛
把泥土里的事情
忘得光光

［木匣子　译］

牵手阅读

　　花儿挣脱泥土束缚的那一刻如同我们考试通过，这喜悦的心情冲淡了黑暗中的恐惧与不安。诗人将百合花拟人化为一个活泼的小姑娘，并将花儿的成长和孩子的考试有机地联系起来，生动地为我们展现了百合花破土而出、展露芬芳的过程，读来令人忍俊不禁。

本书编选过程中，得到了许多作者和译者的帮助，在此一并致谢。部分文章因编选需要，做了删改，特此说明。虽经多方努力，仍有部分版权所有人未能于出版前取得联系，我们将委托中国文字著作权协会代转稿酬及样书，联系电话：010-65978917。

图书在版编目（CIP）数据

吃烧饼的剑客 / 梅子涵编. —济南：山东画报出版社，2020.5

（红气球世界儿童文学臻选）

ISBN 978-7-5474-3463-5

Ⅰ.①吃… Ⅱ.①梅… Ⅲ.①儿童文学－作品综合集－世界 Ⅳ.①I18

中国版本图书馆CIP数据核字（2020）第060577号

吃烧饼的剑客

梅子涵 编

项目统筹	王一诺
责任编辑	王一诺
装帧设计	李海峰
插图绘制	得豆文化

出 版 人	李文波
主管单位	山东出版传媒股份有限公司
出版发行	山东画报出版社
	社　　址　济南市市中区英雄山路189号B座　邮编 250002
	电　　话　总编室（0531）82098472
	市场部（0531）82098479　82098476（传真）
	网　　址　http://www.hbcbs.com.cn
	电子信箱　hbcb@sdpress.com.cn
印　　刷	山东临沂新华印刷物流集团有限责任公司
规　　格	155毫米×210毫米　1/32
	6印张　4幅图　100千字
版　　次	2020年5月第1版
印　　次	2020年5月第1次印刷
书　　号	ISBN 978-7-5474-3463-5
定　　价	30.00元

如有印装质量问题，请与出版社总编室联系更换。